EL DÍA QUE QUISE UNIR LAS PIEZAS

El día que quise unir las piezas

Humberto M. Sotomayor

© 2025 Humberto M. Sotomayor

Publicado por:
Humberto M. Sotomayor

Cover Design: Daniela Álvarez

Primera edición: septiembre de 2025

Certificado SafeCreative:

2509022959023-5HWPJ7

ISBN Digital: 979-8-9930902-0-7

ISBN Impreso: 979-8-9930902-1-4

ISBN Hard Cover: 979-8-9930902-2-1

Impreso en E.E.U.U.

EL DÍA QUE QUISE UNIR LAS PIEZAS

Humberto M. Sotomayor

A quienes alguna vez
se han sentido diferentes,
fuera de lugar,
fuera de este mundo:
no lo están:
son únicos, son especiales.

«*Esa simple belleza aún era soportable, y que si vivía momento a momento, jardín a estufa y al simple acto de volar, podría encontrar la paz.*»

— Peter Heller, La Constelación del Perro.

Prólogo

Toby duerme en su camita, hecha a la medida, junto a la ventana de la sala. Respira profundo, con esa calma que siempre me recuerda que la vida también puede ser simple. La lámpara de pie arroja una luz tibia sobre el sillón donde estoy sentado, con la revista abierta sobre las piernas. El papel es grueso, áspero en los bordes, y huele todavía a tinta fresca, como si el artículo acabara de imprimirse para mí.

El encabezado ocupa media página: «Matthew Prescott: la nueva voz de la arquitectura texana». Lo leo en silencio, con una mezcla de orgullo y fastidio. Orgullo porque sé lo que significa para la empresa aparecer aquí, lo que abre puertas, lo que asegura confianza en clientes que aún no nos conocen. Fastidio porque nunca me ha gustado ser el centro de atención. Prefiero que hablen los espacios, no las palabras.

Hay una foto mía, justo al lado. El fotógrafo me pidió varias veces que sonriera, y terminé cediendo. Ahora me miro y no me reconozco del todo: ni serio ni sonriente, un gesto atrapado en la mitad, como si dudara del personaje que quieren mostrar.

Debajo de la imagen, una frase que subraya el perfil: «El arquitecto que convierte estructuras en experiencias». La repito en mi mente, casi en un susurro. Suena bien, demasiado bien. Casi como si se hablara de alguien más.

Paso la página con cuidado, el roce áspero del papel me devuelve al presente. La entrevista no empieza conmigo, sino con Allison. La reconozco en cada línea: sus frases rápidas, su manera de esquivar lo solemne con un toque de picardía. «Matthew tiene una obsesión casi infantil por la luz», leo, y sonrío con incredulidad. Solo ella podría decirlo así en una revista.

La describen como la pieza indispensable de Divergent Holdings, la estratega que equilibra mi caos. Y tienen razón. A veces pienso que Allison disfruta más verme incómodo en estos artículos que cualquier otra cosa. La imagino riéndose al aceptar la entrevista, sabiendo que yo leería cada palabra con el ceño fruncido.

Más adelante aparece Samuel, técnico, preciso, como siempre. Habla de cálculos y tolerancias, de cómo «Prescott empuja los límites sin romperlos». Me sorprende verlo aquí, su nombre impreso junto al mío. Pienso que quizá esa sea la verdadera foto que deberían mostrar: no mi gesto incómodo bajo la lente de un fotógrafo, sino los tres en la sala de juntas, entre planos manchados de café y discusiones que acaban en soluciones.

Sigo hojeando. Hay imágenes de nuestras obras más famosas, renders brillantes que parecen más sueños que certezas. Las páginas huelen a tinta y promesa, como si el futuro pudiera capturarse en papel satinado.

Y, sin embargo, mientras leo cada elogio, siento ese mismo nudo antiguo: la incomodidad de que hablen de mí cuando lo único que quiero es que hablen de los espacios.

Sigo pasando páginas. La foto que eligieron para abrir el artículo me mira otra vez: el saco impecable, la mirada seria, el fondo desenfocado de un render. «Guapo», dirían algunas. Yo solo pienso: parece que el saco posó mejor que yo. No soy yo, o no el yo que reconozco.

Vuelvo a los párrafos, a los subrayados en negritas, a las frases que parecen querer definirme. La revista los presenta como certezas, pero yo los leo como si fueran intentos de encasillar algo que nunca termina de estar quieto.

El papel brilla bajo la lámpara de la sala. Toby suspira desde su rincón, moviéndose apenas en su camita. Yo paso la página con calma, sabiendo que lo que sigue ya no son palabras de otros, sino un retrato que intenta capturarme a mí.

La primera línea del artículo no tarda en incomodarme. El título está impreso en tipografía gruesa, como si gritara. Me aparto un poco del papel, como si así pudiera suavizarlo. No me acostumbro a leer mi nombre seguido de adjetivos rimbombantes.

Abajo, una foto a página completa: yo, de pie junto a la maqueta del proyecto que concluimos el mes pasado. El fotógrafo me pidió que mirara hacia arriba, como si estuviera contemplando un futuro prometedor. En la imagen parezco alguien que planea conquistar el mundo. En realidad, recuerdo haber estado pensando en que el aire acondicionado de la sala estaba demasiado fuerte.

Sigo leyendo. Hablan de mis «espacios que respiran», de «un arquitecto que convierte el desierto en refugio». Palabras grandes, pensadas para atrapar la atención. Me reconozco apenas entre ellas. Lo que para mí son horas de polvo, de dudas, de revisar un plano hasta la madrugada, aquí aparece como una narrativa pulida, brillante.

En el siguiente párrafo mencionan a Allison. Ella, traviesa como siempre, aceptó dar su testimonio. La imagino sentada frente al periodista, sonriendo con esa calma que desarma, dejando frases que parecen improvisadas pero que terminan siendo titulares. «Matthew nos enseña que la arquitectura no es solo construir edificios, sino abrir espacios donde las personas puedan sentirse parte de algo».

Me la imagino diciéndolo con una media sonrisa, disfrutando en secreto de haber colado su voz en esta historia.

Paso las páginas despacio, como si fueran frágiles. El periodista insiste en mis logros, en la «promesa de una nueva etapa» y en «el arquitecto que redefine la identidad del sur». Demasiado ruido. Palabras que me quedan grandes, como un traje recién sacado de la bolsa de la tintorería.

Entonces aparece otra cita de Allison. «Matthew no es alguien que hable mucho de sí mismo. Lo suyo es dejar que sus obras cuenten la historia». Esa frase me arranca una sonrisa involuntaria. Sí, así me gusta más. Ella lo dice con naturalidad, sin adornos, con esa manera suya de traducir lo que yo nunca sé explicar.

Cierro la revista y la dejo sobre la mesa de centro. Me levanto y apago la lámpara de pie. Toby abre un ojo desde su camita y lo vuelve a cerrar, como si todo este asunto no tuviera mayor importancia.

1 Divergente

Son más de las doce de la noche cuando levanto la mirada. Noto por primera vez en horas lo oscuro que está allá afuera. Otra vez olvidé cenar. Me pasa a menudo cuando me concentro demasiado en algo. En la pantalla principal frente a mí, el render del nuevo edificio corporativo está casi inmóvil. En los otros dos monitores, notas dispersas y referencias visuales esperan pacientemente que vuelva a prestarles atención.

Me recuesto ligeramente en la silla y dejo salir un largo suspiro. La oficina está silenciosa. Apenas queda una lámpara encendida, proyectando una luz tenue sobre mi escritorio. Me gusta este silencio. Es cómodo, familiar. Siempre me he sentido bien en él, quizá porque es la única compañía que nunca me exige nada.

Giro la cabeza hacia la derecha, hacia la mesa lateral donde suelo hacer mis bocetos a mano. Algunos podrían llamarlos dibujos, aunque en realidad son solo trazos impulsivos y desordenados. Para mí, esas líneas siempre tienen sentido, aunque probablemente nadie más pueda entenderlas.

Miro nuevamente las pantallas frente a mí. El edificio que estoy diseñando es importante; mucho más que solo otro proyecto. Debe expresar todo lo que Divergent Holdings es, lo que yo soy. Tiene que ser auténtico, honesto. Tiene que decir algo verdadero. Quizá por eso he pasado tantas noches aquí últimamente, obsesionado con detalles que tal vez nadie note jamás.

De pronto mi teléfono vibra ligeramente sobre la mesa, interrumpiendo mis pensamientos. Tomo el aparato distraídamente y veo el mensaje en la pantalla. Es Allison, claro. ¿Quién más iba a escribirme a esta hora?

—Matt??? Estoy segura que sigues en la oficina!! Dime que ya cenaste lo que te dejé en el refrigerador. Por favor ya vete a casa, tienes que descansar.

No puedo evitar sonreír mientras leo. Allison es mi asistente desde hace casi siete años. Aunque llamarla así se queda corto. Es más bien mi mano derecha, mi memoria externa y, a veces, incluso mi conciencia. Es la única persona en este mundo que entiende perfectamente mi caos, aunque jamás he sabido muy bien cómo logra soportarlo.

Tecleo rápidamente una respuesta, intentando calmarla aunque ambos sabemos que ya es demasiado tarde para eso.

—Todavía no, Alli. Perdí la noción del tiempo. Ya casi termino. Te prometo que me voy en cinco minutos.

El mensaje se queda unos segundos en visto. Sé que está pensando en qué responderme, probablemente decidiendo si vale la pena discutir conmigo a esta hora o dejarlo pasar. Finalmente responde:

—Matt, esos "cinco minutos" tuyos siempre se convierten

en horas. Come algo, por favor.

Suspiro, sabiendo que tiene razón. Siempre la tiene. La verdad es que no sé qué haría sin ella. Probablemente estaría aún más perdido, olvidando reuniones, cumpleaños, citas médicas y hasta comer. Y, sin embargo, a pesar de todos sus esfuerzos, aquí estoy nuevamente, con hambre y absorto en mis pensamientos.

Bloqueo la pantalla y miro nuevamente los monitores. El edificio sigue allí, mirándome desde la pantalla, tan incompleto como yo me siento ahora mismo.

Quizá sea momento de hacerle caso a Allison, al menos por esta noche.

El sonido insistente del despertador no deja de sonar. Intento ignorarlo como cada mañana, pero rápidamente noto una presión sobre mi pecho. Cuando finalmente abro los ojos, ahí está Toby, con sus pequeñas patas delanteras sobre mí, mirándome como si llevara horas tratando de despertarme.

—Por Dios, Toby, ya voy… —murmuro con voz ronca, mientras el sueño aún me pesa demasiado.

Giro lentamente hacia el reloj en la mesita. Las diez de la mañana. ¿Cómo pasó eso? Otra vez me quedé demasiado tiempo en la oficina. Siempre me pasa igual. Cuando logro concentrarme, el tiempo desaparece.

Me incorporo lentamente, acariciando la cabeza de Toby, agradecido en silencio porque, si no fuera por él, probablemente dormiría hasta la tarde. Me levanto finalmente y camino hacia el baño para tomar una ducha rápida. Necesito ducharme, de lo contrario siento que no terminaré de despertar del todo.

Al salir de la ducha, ya más despierto, voy hacia la cocina por inercia. Amo cocinar, es una de mis actividades favoritas, pero hoy obviamente no tendré tiempo. Me acerco rápidamente a la alacena y saco el bote de proteína. Un licuado tendrá que bastar. Mientras la licuadora gira ruidosamente, observo brevemente mi cocina. Todo luce limpio, ordenado, exactamente como me gusta. Sé que no es mérito mío, pero agradezco profundamente que alguien me ayude a mantener el orden que por mí mismo jamás podría sostener, aunque ame profundamente tener las cosas perfectamente organizadas.

Me río con una leve resignación. A veces pienso que soy una contradicción viviente: amo la perfección y el orden, aunque claramente no puedo sostenerlos por mí mismo.

Termino mi licuado rápidamente y miro la hora. Definitivamente ya voy tarde. Regreso al dormitorio para terminar de vestirme y, mientras busco la ropa adecuada, me quedo quieto un momento, en silencio, reflexionando sobre la realidad que vivo cada día. ¿Cómo es posible ser tan funcional en algunas cosas, tan "exitoso", pero al mismo tiempo sentirme tan perdido en otras? Un pensamiento sencillo pero incómodo cruza mi mente. Allison tiene razón: quizá soy un desastre, más de lo que me gusta reconocer. Y quizá, solo quizá, debería empezar a entender mejor por qué soy así.

La libreta que compré hace meses para intentar escribir sigue ahí, descansando sobre mi mesita de noche. Quizá empezar a escribir mis pensamientos pueda ayudarme a entender todo este caos interno que llevo dentro. Quizá es el momento adecuado para empezar a hacerlo.

Miro a Toby, que me observa desde la puerta del dormitorio.

—¿Tú qué opinas, Toby? —pregunto en voz alta, aunque sé que

obviamente no responderá. Él solo mueve la cola, esperando pacientemente a que decida qué hacer—. Sí, tienes razón. Al menos puedo intentarlo.

Me acerco lentamente a la libreta, me siento al borde de la cama y abro la tapa, mirando la primera hoja en blanco. Dudo por un instante, preguntándome qué debería escribir primero. Respiro profundo, tomo un bolígrafo que descansa sobre la mesa y empiezo lentamente a escribir.

> «Mi mente nunca se calla. Siempre ha sido así. Desde niño, llevo conmigo un ruido constante, un diálogo interior inagotable que analiza todo lo que ocurre, como si mi vida fuera una película que debo seguir cuidadosamente para no perder el hilo. Algunas personas creen que vivir así debe ser agotador, y no lo niego, muchas veces lo es. Pero para mí, es simplemente normal. Es lo que siempre he conocido.»

Cuando finalmente llego a la oficina, Allison ya está en mi escritorio, esperándome con los brazos cruzados y una expresión ligeramente irritada.

—¿Sabes qué hora es, Matt? —dice, arqueando una ceja.

—Lo sé, lo sé, lo siento —le respondo con sinceridad mientras dejo mis cosas sobre la mesa—. Anoche me dormí muy tarde y esta mañana no lograba despertar. Cuando por fin lo hice, me entretuve escribiendo en aquella libreta que compré hace meses. Ni siquiera teníamos ningún compromiso importante, ¿o sí?

Allison suspira, pero finalmente sonríe con resignación.

—Esta vez no, pero eso no significa que debas hacerlo siempre. Me alegra que por fin la estés usando, aunque no sé qué milagro ocurrió para que decidieras hacerlo.

Apenas termino mi café cuando escucho unos suaves golpes en la puerta. Levanto la vista justo cuando Samuel asoma ligeramente la cabeza, observándome con cautela.

—¿Puedo pasar o necesitas unos minutos más para prepararte psicológicamente? —pregunta con una leve sonrisa.

—Pasa, Samuel —respondo riendo suavemente—. No seas dramático, sabes perfectamente que no soy tan terrible.

Él entra en la oficina con varios documentos bajo el brazo, acercándose lentamente hasta sentarse en la silla frente a mi escritorio. Es un hombre tranquilo, talentoso, pero a veces demasiado sensible a las críticas. Con el tiempo he aprendido a moderarme con él, aunque admito que no siempre lo logro.

Samuel acomoda rápidamente los documentos sobre la mesa. Son planos técnicos y algunos renders nuevos que no había visto antes. Sin embargo, antes de empezar, me mira fijamente, tomando aire como si fuera a darme una mala noticia.

—Antes de que digas algo, Matt, quiero aclarar que esta vez hicimos exactamente lo que pediste —dice con tono medio en broma, medio en serio—. Pero antes de revisarlo, necesito asegurarme de que tienes un buen día. Allison me dijo algo así, pero no terminé de creerle.

Me río suavemente, levantando ambas manos en señal de paz.

—Te prometo que hoy estoy de buen humor. Incluso desayuné algo —respondo, exagerando un poco, aunque técnicamente no miento—. Enséñame qué tienes.

Samuel sonríe, relajándose finalmente mientras empieza a mostrarme los avances. Observo en silencio cada plano, cada imagen digital, dejando que mi mente empiece a analizar y a imaginar cómo se sentirá realmente el edificio cuando esté terminado.

Me gusta lo que veo. El equipo ha captado bien nuestras discusiones sobre cómo este edificio debe representar lo que somos, nuestra esencia emocional, aquello que Divergent Holdings quiere mostrar al mundo.

—Me gusta —digo finalmente, sorprendiendo incluso a Samuel—. Realmente captaron lo que hablábamos sobre el balance entre estética, función y emoción.

Desde el principio, Divergent Holdings nació con la idea clara de hacer las cosas de una manera diferente. No solo diseñamos edificios, espacios o proyectos inmobiliarios; buscamos crear experiencias auténticas, lugares donde las personas puedan sentir que pertenecen y conectan realmente con el entorno. Cada proyecto refleja quiénes somos, nuestra filosofía: la belleza está precisamente en aquello que nos hace diferentes, divergentes.

Samuel me mira con una mezcla de sorpresa y alivio.

—¿Lo dices en serio? ¿Sin cambios?

—Bueno… quizás algunos ajustes menores —admito con una sonrisa divertida—. Pero en general, esto es exactamente lo que buscábamos. Gracias, Samuel. Y agradece también al equipo, hicieron un gran trabajo.

Samuel asiente contento, recogiendo lentamente los documentos, claramente aliviado y satisfecho.

—Se los haré saber —dice mientras se levanta— Por cierto, ¿qué te hizo amanecer tan generoso hoy?

Sonrío mientras pienso brevemente en la libreta que empecé a llenar esta mañana.

—Digamos que estoy empezando a ver algunas cosas con mayor claridad —le respondo con sinceridad—. Y creo que eso es bueno para todos.

Samuel asiente lentamente, sin entender del todo lo que quiero decir, pero claramente agradecido de que hoy haya sido más fácil que de costumbre.

Cuando se va de la oficina, vuelvo a reclinarme en la silla, mirando pensativo el lugar donde estuvieron los planos hace unos segundos. Quizá escribir sea justo lo que necesito para encontrar claridad en todo lo demás.

Mientras observo distraídamente el lugar vacío donde estuvieron los planos hace unos momentos, mi mente comienza a divagar y a pensar en un millón de cosas como lo hace siempre, pero dentro de esos pensamientos un recuerdo lejano llega de repente, claro e intenso.

Era mi último año de High School, en Amarillo. Estoy sentado en el salón de arte trabajando en un proyecto que nos encargó el señor Collins. Recuerdo perfectamente la sensación del lápiz en mi mano, la presión de la punta contra el papel y la profunda frustración al no poder plasmar exactamente lo que veía con tanta claridad en mi cabeza.

A mi alrededor, mis compañeros dibujan con tranquilidad, con seguridad, como si lo que hacen fuera lo más sencillo del mundo. Escucho sus conversaciones tranquilas, relajadas, hablando sobre planes para el fin de semana o cualquier otra cosa que para mí parece completamente ajena. Miro brevemente sus dibujos; parecen perfectos, claros, sencillos. Luego miro nuevamente el mío. Mis líneas están torcidas, imprecisas, caóticas. Pero dentro de ese caos, yo veo claramente algo hermoso, algo único. El problema es que no puedo hacer que otros lo vean.

El señor Collins se acerca lentamente, lo sé sin siquiera levantar la cabeza. Se detiene junto a mí, observando mis trazos en silencio durante un largo instante que parece eterno.

—Matt, honestamente no entiendo muy bien qué intentas expresar aquí —dice finalmente con una calma que para mí se siente como una sentencia—. Quizá estás complicando demasiado las cosas. A veces es mejor simplificar para que los demás puedan entenderlo.

Simplificar. Esa palabra rebota en mi mente mientras aprieto el lápiz con fuerza. ¿Por qué debería simplificar algo que para mí es tan claro, tan natural? ¿Por qué debo cambiar la manera en que veo las cosas solo porque otros no la entienden?

—Lo siento, profesor —murmuro en voz baja, tratando de ocultar mi frustración—. Intentaré hacerlo más claro.

El profesor asiente y se aleja lentamente, sin notar el impacto de sus palabras. Guardo el lápiz con fuerza, sintiendo cómo mis manos tiemblan ligeramente bajo la mesa. Quisiera poder salir corriendo de allí, escapar de esa incomodidad insoportable. Me siento expuesto, como si todos pudieran ver claramente que hay algo mal conmigo. No encajo aquí, en este salón, en este lugar.

Recuerdo claramente la sensación de alivio en el pecho al sonar la campana minutos después. No entregué mi dibujo ese día. Guardé la hoja doblada en mi mochila, sintiendo la frustración y la tristeza como un peso imposible de cargar. Cuando llegué a casa esa tarde, rompí el dibujo en pedazos, intentando borrar de alguna forma ese sentimiento de no pertenecer, de ser irremediablemente diferente.

Ahora, sentado en mi oficina, tantos años después, sonrío ligeramente para mí mismo con melancolía. Aquel joven frustrado jamás hubiera imaginado que esa misma diferencia se convertiría en la esencia de todo lo que ahora hago. Este edificio no es solo un proyecto arquitectónico más. Es mi manera, nuestra manera, de mostrar que la diferencia puede ser exactamente lo que necesitamos.

Respiro profundo, sacudiendo suavemente el recuerdo, y regreso lentamente al presente. La frustración sigue ahí, guardada en algún rincón profundo, pero ya no me domina. Ahora entiendo claramente que simplificar nunca fue mi camino.

El día ha sido largo, más largo de lo que esperaba. Al llegar a casa, la familiaridad del lugar me envuelve inmediatamente. La luz tenue de la lámpara de la sala, el silencio profundo que se siente cómodo, como un abrazo. Toby me espera cerca de la puerta, moviendo la cola con entusiasmo. Lo acaricio por un momento y siento cómo se calma de inmediato, como si él también hubiera estado esperando este momento de quietud.

—¡Ya te extrañaba, peludo! —le digo a Toby con la gran sonrisa que siempre me saca cuando me recibe alegremente—. Eres el mejor compañero que alguien pueda tener.

Camino hacia la sala, específicamente hacia la cava, y elijo un vino para acompañar mi cena; es un pequeño lujo reservado solo para mí. Me gusta el vino tinto. No es solo la bebida, es el ritual. Abro la botella con cuidado, y el sonido del corcho al salir es como una señal que marca el comienzo de algo tranquilo, algo que solo yo puedo definir.

Preparo una comida sencilla, casi automática. No necesito complicarme demasiado. Un plato de pasta, algo que puedo comer rápido mientras dejo que mi mente se relaje. Mientras tanto, el suave sonido de las patitas de Toby caminando a mi alrededor me tranquiliza; su presencia silenciosa siempre me da paz. Él siempre está aquí, siempre entiende mi ritmo, y lo agradezco más de lo que me gustaría admitir.

Al sentarme frente a la mesa, sirvo el vino y lo dejo respirar. A veces pienso que, como yo, también necesita unos segundos para encontrar la calma.

Levanto la copa despacio, percibiendo primero su olor profundo, reconfortante; notas claras de madera, frutos rojos, y algo ligeramente dulce, casi nostálgico. Al probarlo, cierro los ojos brevemente mientras su sabor lleno, cálido y aterciopelado llena lentamente mi boca. Ese primer sorbo es una caricia suave que calma, aunque sea por un instante, la inquietud que siempre parece habitar dentro de mí.

La pasta frente a mí despide un aroma sencillo pero reconfortante: notas de ajo ligeramente dorado en aceite de oliva, del tomate fresco y albahaca que usé para cocinar. Tomo un bocado lentamente; la textura de la pasta quedó «al dente». Es firme, perfecta, envuelta delicadamente en la salsa que elegí casi por instinto. Un sabor simple, cotidiano, pero que esta noche me sabe especialmente reconfortante.

Miro a Toby, que se ha sentado pacientemente junto a mí, observando mi comida como si esperara un pedazo. Sonrío suavemente, sabiendo que normalmente no comparto mi comida con él, aunque algunas veces logra convencerme con sus ojos persuasivos. Esta noche me hace dudar un momento, pero termino por negarme suavemente. Él ladea la cabeza, aceptando la derrota con dignidad, y me hace reír un poco. Es casi como si pudiera entender perfectamente cada uno de mis pensamientos.

Mientras como lentamente, mi mente divaga, como siempre lo

hace. Sin darme cuenta, esos pensamientos que siempre están en movimiento encuentran un camino hacia lugares que suelo mantener bien cerrados. Hoy, quizás por el cansancio o el vino, no logro detenerlos a tiempo.

Ella aparece en mi mente con una claridad que me sorprende y duele un poco. Recuerdo la forma en que me miraba, con esa mezcla perfecta de ternura y complicidad. Recuerdo nuestras conversaciones, largas y profundas, que hacían que olvidara por un momento lo diferente que siempre me he sentido. Ella logró hacerme creer, aunque fuera brevemente, que podría encajar perfectamente con alguien, con ella. Era fácil, natural; algo que nunca había experimentado antes.

Pero también recuerdo, inevitablemente, el día en que todo terminó. Esa expresión en su rostro, mezcla de tristeza y agotamiento, ese enojo que tenía hacia mí por no estar presente como ella quisiera, fue cuando ambos comprendimos claramente que amarnos no era suficiente. No puedo evitar preguntarme si pude haber hecho algo más, si hubiera encontrado una mejor manera de expresar lo que sentía, de ser normal. Siento cómo un nudo se forma lentamente en mi garganta, una sensación familiar que detesto pero a la que estoy acostumbrado.

Doy otro sorbo largo al vino, intentando inútilmente que se lleve el peso de ese recuerdo. Pero esta noche no funciona; esta noche duele más de lo habitual. Hoy no estoy preparado para enfrentar esto todavía. Quizá nunca lo esté del todo.

Termino la cena dejando el plato medio vacío sobre la mesa, sin apetito y ligeramente frustrado conmigo mismo. Le doy a Toby un poco de la sobra de mi pasta, más para distraerme que por compartir algo con él. Él mueve la cola feliz, como si supiera que esta pequeña victoria es especial, completamente ajeno a la tormenta interna que tengo en este momento.

Tomo un último sorbo del vino y respiro profundamente. Las horas de trabajo, las expectativas y los recuerdos se mezclan ahora en mi mente, generando más caos que claridad. Me quedo mirando la copa vacía, deseando que las respuestas fueran tan fáciles de encontrar como vaciar una copa de vino. Pero no lo son, y lo sé perfectamente.

Por más que intento distraer mi mente, algo dentro de mí no deja de insistir en regresar al mismo lugar, a ese recuerdo que parece estar esperando pacientemente cada vez que bajo la guardia. Esta noche decido no resistirme. Tal vez por el vino, tal vez por el cansancio, hoy dejo que me alcance, que entre lentamente, aunque duela.

Recuerdo claramente aquellas noches con ella. Momentos tan sencillos, tan cotidianos que cualquiera podría pensar que eran insignificantes, pero que para mí eran lo más valioso del día.

Mientras yo cocinaba, ella se sentaba en la barra de la cocina observándome atentamente, con una mezcla perfecta de curiosidad y diversión. Solía reírse cada vez que me veía concentrado en algo demasiado complicado, probablemente preguntándose si lograría terminar con éxito lo que estaba preparando.

—¿Seguro que sabes lo que haces, Matt? —me preguntaba con una sonrisa traviesa, fingiendo dudar de mis habilidades, aunque ambos sabíamos perfectamente que el resultado sería delicioso. Cocinar siempre ha sido una de las pocas cosas en las que puedo concentrarme por completo, casi como si fuera algo natural en mí. Ella lo sabía bien, pero aun así disfrutaba viéndome fingir preocupación.

—Confía en mí —respondía con falsa seriedad, haciendo gestos exagerados mientras revolvía alguna salsa o cortaba vegetales

de forma teatral.

Ella reía con ganas, y recuerdo claramente cómo ese sonido inundaba cada rincón de la cocina, llenándola de vida y calor. Yo la miraba de reojo y sentía cómo algo en mi interior se relajaba profundamente, como si solo en esos momentos pudiera realmente ser yo mismo.

Luego, cuando finalmente terminaba de cocinar, colocaba el plato frente a ella con una mezcla nerviosa de expectativa y orgullo. Ella siempre se tomaba unos segundos exagerados en probar el primer bocado, manteniendo la intriga, mirándome fijamente mientras fingía dudar sobre el resultado. Al final, inevitablemente sonreía, diciendo con ternura que estaba delicioso.

—¡Todo lo que tú cocinas siempre me encanta! —me decía con una determinación verdadera, con la honestidad que solo una persona que te ama puede darte.

Esas cenas eran más que una simple comida compartida. Eran nuestro ritual, nuestros pequeños momentos únicos y privados en donde solo importábamos nosotros. Con ella podía reírme de todo y de nada, olvidando temporalmente todas esas cosas que normalmente me pesaban tanto. A su lado, la vida parecía sencilla y luminosa.

¿Por qué esos momentos no pudieron durar para siempre? ¿Por qué no fui capaz de encontrar la forma de hacerla sentir segura conmigo, de mostrarle lo importante que era para mí, de mostrarle cuánto la amaba?

Ahora mismo, sentado aquí solo, con la copa vacía frente a mí y el silencio llenando mi casa, daría cualquier cosa por vivir nuevamente una sola de aquellas noches. Pero sé perfectamente que eso no es posible.

Y esa realidad duele más de lo que quiero admitir.

De repente Toby sube sus patitas a mi pierna y me saca de mi ilusión. Él siempre sabe cuándo hacerlo, por alguna extraña razón sabe cómo me siento, y en especial en estos momentos de nostalgia y mucha tristeza.

—Estoy bien, Toby —le digo sin estar convencido—. Gracias por entenderme y estar siempre conmigo.

Esta noche, igual que tantas otras, me recuerda que aún hay mucho que debo entender, mucho que aceptar sobre mí. Y ahora, eso duele demasiado como para enfrentarlo por completo.

—Quizá mañana —me susurro suavemente, en voz baja, como si esa promesa fuera suficiente para calmar mi mente, aunque probablemente no lo sea.

La libreta sigue ahí, en la mesita, cerrada. No la toco. Sé que ya comencé, pero todavía guarda demasiado silencio entre sus páginas. Algún día —me digo— tendré que llenarla de verdad.

No lo sé. Quizá mañana. Esta noche, Toby es la única respuesta que tengo.

Humberto M. Sotomayor

2 Desayuno Pendiente

«La amistad perfecta
es la de los hombres buenos
e iguales en virtud,
pues se desean el bien el uno para el otro.»
— **Aristóteles, Ética a Nicómaco**

Estoy sentado frente a las pantallas que ocupan mi escritorio, con la mano descansando suavemente sobre el mouse. El cursor parpadea lento e insistente sobre el render del lobby del nuevo edificio corporativo. Tengo frente a mí cada detalle que debería revisar: la luz natural entrando a través de los ventanales, las texturas cuidadosamente elegidas, los espacios abiertos que pretenden comunicar claramente la esencia auténtica de Divergent Holdings.

Respiro profundo e intento enfocar mi atención en una sola cosa, quizá la iluminación, quizá los materiales. Pero, lentamente, mis pensamientos comienzan a dispersarse, escapándose suavemente del camino que intento marcarles.

Me detengo un instante a observar la textura de madera que seleccioné para las paredes del lobby. Me gusta la calidez que aporta. Pienso que tal vez debería pedir una muestra física de ese material. ¿Lo hice ya? Estoy casi seguro de que sí, pero la duda queda flotando ahí, incómoda y silenciosa.

Aparto la vista brevemente hacia el lateral de mi escritorio, observando el desorden habitual: notas dispersas, bocetos a medio terminar, un bolígrafo sin tapa. Pienso que debería ordenar un poco, pero rápidamente decido que eso sería solo otra forma de evitar enfrentarme al diseño frente a mí.

Me esfuerzo nuevamente por concentrarme, dirigiendo otra vez la mirada hacia el monitor principal. Pero entonces, el sonido suave y constante del aire acondicionado comienza a parecer más fuerte de lo habitual. No puedo evitar preguntarme si siempre ha sonado así o si es una percepción que tengo únicamente hoy. Debería mandar a revisarlo, aunque quizá sea algo completamente normal.

Mis pensamientos continúan moviéndose lentamente, casi por voluntad propia, abandonando el diseño y paseándose libremente por pequeños detalles insignificantes. Me quedo viendo un punto fijo en la pantalla, con los ojos entrecerrados, tratando de silenciar por un instante este ruido interno que nadie más escucha, pero que siempre está ahí, como una música suave y constante que nunca se detiene del todo.

Giro lentamente la silla, mirando hacia la ventana. Afuera, el día parece transcurrir tranquilamente, ajeno por completo a esta lucha silenciosa que siempre ocurre dentro de mí. La luz del sol refleja suavemente sobre los cristales del edificio frente a mi oficina, creando reflejos breves, casi hipnóticos. Observo la escena con calma, permitiendo brevemente que mi mente se pierda ahí, en esos destellos cotidianos.

Regreso mi atención al monitor principal. Intento nuevamente decidir algo sobre el diseño, cualquier cosa, aunque sea mínima. Pero al hacerlo, otro pensamiento aparece con claridad absoluta: quizás no debería estar aquí ahora mismo. Quizás debería haber comenzado el día diferente. Siento que estoy olvidando algo, algo importante, aunque aún no logro definir claramente qué es.

Me recargo sobre la silla y suelto un largo suspiro. Cierro los ojos lentamente, colocando ambas manos sobre mi cabeza, intentando calmar el torbellino que llevo dentro. Estoy agotado, a pesar de no haber avanzado prácticamente nada en el proyecto. Me quedo así por unos segundos, respirando profundo, dejando que el silencio de la oficina me envuelva momentáneamente.

Intento trasladarme mentalmente hacia el lobby que estoy diseñando. Imagino estar ahí, caminando con calma por ese espacio amplio y luminoso. Levanto la vista y observo cómo la luz natural entra delicadamente a través de los grandes ventanales, creando patrones sutiles y elegantes en el suelo y en las paredes. Veo con claridad las columnas que elegí específicamente para generar sombras geométricas, creando una atmósfera visualmente reconfortante. Los colores frescos y luminosos que seleccioné se sienten exactamente como lo había imaginado: relajantes, armoniosos, un espacio que invita naturalmente a disminuir el ritmo.

Así quiero que sea todo el edificio. Un refugio tranquilo, un lugar donde no existan prisas, donde las personas puedan sentirse en calma, sin la necesidad constante de correr o apresurarse por cumplir con algo. Mientras continúo en esta visión mental, intento imaginar también los sonidos del lobby. Quiero asegurarme de que no haya bullicio. No busco silencio absoluto, pero sí un ambiente tranquilo, con sonidos que aporten calma, no que la perturben.

De pronto, algo hace clic en mi mente. Agua. Eso es lo que falta. Un sonido suave y natural, el sonido relajante del agua fluyendo suavemente, en combinación con plantas abundantes que aporten frescura y vida al lugar. Me imagino claramente esos jardines enormes y elegantes que he visto en algunos hoteles de lujo, lugares donde el agua y la vegetación logran crear un ambiente natural de absoluta tranquilidad.

Una pequeña sonrisa aparece en mis labios ante esta idea. Me doy cuenta, en ese instante, de lo mucho que extraño viajar. Hace tanto tiempo que no lo hago, y recuerdo perfectamente por qué solía ser una de mis actividades favoritas. Salir de lo cotidiano, descubrir lugares nuevos, observar a personas desconocidas y su forma particular de comportarse en cada rincón del mundo. Esos pequeños detalles que para muchos parecen insignificantes, pero que para mí son fascinantes. Me encanta sentarme tranquilamente en algún rincón desconocido y simplemente observar, entender las dinámicas, aprender algo nuevo.

Espera… el edificio, el lobby. Mi mente vuelve rápidamente al presente, sacudiéndome suavemente de mis pensamientos sobre viajes. A pesar de todo, siento una pequeña satisfacción al saber que finalmente encontré algo que realmente le hacía falta al diseño. Ahora solo debo averiguar cómo integrar ese elemento en el lobby de manera que aporte calma, pero sin robar atención innecesariamente. Nada debe ser el centro absoluto de atención. El lobby debe ser un todo equilibrado, perfectamente armónico.

Intento despejar esa sensación incómoda que sigue flotando en el fondo de mi mente. Como no consigo identificar exactamente qué es lo que olvidé, decido enfocarme nuevamente en el proyecto. Abro rápidamente una nueva pestaña en mi monitor secundario y comienzo a buscar referencias visuales para integrar agua y vegetación en interiores. Imágenes de jardines verticales, fuentes minimalistas, espejos de agua discretos, van llenando lentamente la pantalla.

Mi atención comienza a enfocarse mejor ahora. Me siento ligeramente más seguro mientras guardo algunas imágenes en una carpeta específica que he creado rápidamente. Observo con detenimiento algunas fotografías de espacios que parecen perfectamente equilibrados: elementos naturales, luz indirecta, texturas suaves que logran exactamente la calma que busco para nuestro edificio.

La idea parece funcionar perfectamente en mi cabeza.

Me quedo fijo viendo con creciente inquietud la pantalla. Intento convencerme de que finalmente estoy avanzando, pero en realidad me siento atrapado en un círculo interminable. Cada intento por concretar algo termina llevándome nuevamente a otro pensamiento inconexo. Mi mente es incapaz de centrarse, y siento cómo una irritación familiar comienza a surgir lentamente desde el fondo de mi pecho. Odio estos momentos, odio sentir que soy incapaz de controlar mis propios pensamientos.

Estoy por levantarme de la silla, cansado de intentar algo que parece imposible, cuando mi celular vibra sobre la mesa. Lo miro con curiosidad, ligeramente distraído, pero al desbloquearlo siento cómo un golpe de realidad me alcanza de inmediato al leer el nombre en la pantalla: "Dave".

«Hubiera preferido desayunar contigo como quedamos, Matt, pero la comida fue estupenda a pesar de haberlo hecho solo . Lo bueno es que ya hasta hago reservaciones para uno .»

Me quedo congelado unos segundos, leyendo una y otra vez el mensaje, como si eso pudiera cambiar su contenido. Un nudo incómodo se instala inmediatamente en mi garganta. Claro, eso era lo que había olvidado. ¿Cómo pude olvidarme del desayuno con Dave? Especialmente cuando él es quizá la única persona capaz de soportar pacientemente estas constantes distracciones mías.

Suspiro profundamente, sintiendo una mezcla incómoda de culpa y frustración. Muevo los dedos rápidamente sobre la pantalla, tratando de formular una respuesta que suene honesta, pero sabiendo perfectamente que Dave ya esperaba mi olvido desde el momento en que hicimos planes.

Comienzo a escribir rápidamente una respuesta para Dave, intentando disculparme de manera casual, como si mi olvido no fuera importante, pero me detengo enseguida. No suena bien. Borro el mensaje y empiezo nuevamente. Esta vez escribo algo un poco más serio, asumiendo claramente la culpa e intentando explicar por qué lo olvidé, pero tampoco me convence. Suena demasiado formal, demasiado justificativo.

Vuelvo a borrar el mensaje por segunda vez y siento cómo la frustración empieza a acumularse lentamente. ¿Qué puedo decirle? ¿Cómo explicar nuevamente algo que ni siquiera yo mismo logro entender del todo? Mi mente comienza a dar vueltas rápidamente, pensamientos cruzándose unos con otros mientras el cursor sigue parpadeando suavemente en la pantalla del celular, esperando inútilmente alguna respuesta.

Pienso en posibles excusas, explicaciones breves, incluso bromas que suavicen la situación, pero ninguna me convence. Intento recordar con claridad qué hice durante la mañana que me llevó a olvidar algo tan importante. Ayer por la noche todavía lo recordaba perfectamente, ¿qué pasó entonces? Recuerdo haberme levantado tarde y prepararme rápidamente el desayuno antes de salir. Normalmente, cuando tengo planeado salir a desayunar, salgo en ayunas, eso lo sé bien. ¿Cómo pude olvidarlo tan fácilmente?

Finalmente, dejo el teléfono sobre la mesa, incapaz de responder en ese momento. Me quedo inmóvil en mi silla, con la mirada perdida, sintiendo cómo la culpa empieza lentamente a instalarse, pesada e incómoda. No es la primera vez que olvido algo así con Dave, y probablemente no será la última. No puedo evitar preguntarme cómo es posible que él siga tolerando estos constantes desplantes míos.

Justo en ese instante, la puerta de mi oficina se abre rápidamente y Allison entra con paso decidido, deteniéndose enseguida al notar la expresión en mi rostro. Por un breve instante, frunce ligeramente el ceño y ladea suavemente la cabeza, mostrando claramente preocupación, como si realmente le doliera verme en ese estado.

—¿Qué pasa, Matt? —pregunta con preocupación, acercándose lentamente hasta el escritorio—. Conozco perfectamente esa mirada.

La miro un instante en silencio, avergonzado.

—Olvidé otra vez el desayuno con Dave —admito finalmente en voz baja, desviando la vista hacia la pantalla apagada del celular—. No sé cómo logra soportarme, Allison. Cualquier otro ya habría desistido conmigo.

Ella suspira ligeramente, pero en sus ojos hay una mezcla clara de comprensión y ternura.

—Bueno, pues ahora lo único que queda es responder y disculparte —dice firmemente, aunque con un tono suave—. Dave te conoce bien, sabe que no es intencional. Pero debes disculparte y compensarlo, Matt.

Asiento lentamente, todavía incómodo conmigo mismo.

—Por favor —añade Allison con una sonrisa leve—, la próxima vez que hagas planes así, al menos házmelo saber. Quizá yo pueda ayudarte a recordarlo.

Observo nuevamente el celular, aún sintiendo ese peso incómodo en el pecho. Allison sigue mirándome con atención, esperando pacientemente que haga lo que sé perfectamente que debo hacer. Suspiro una vez más, decidiendo finalmente enfrentar la inevitable respuesta.

—Tienes razón, Alli. Voy a responderle —le digo, tratando de sonar más seguro de lo que realmente estoy.

Ella asiente suavemente con una sonrisa de aprobación y sale despacio de la oficina, dejándome solo con mi teléfono y la creciente sensación de culpa.

Tomo el teléfono en mis manos nuevamente, respiro profundamente y vuelvo a leer el mensaje de Dave. Su humor sutil es evidente, pero detrás de esas palabras ligeras puedo percibir claramente la ligera decepción que intenta disimular. Con cuidado, comienzo a escribir otra vez, buscando esta vez simplemente ser honesto.

> «Dave, lo siento mucho. Ni siquiera voy a intentar justificarme. Sabes perfectamente cómo soy, aunque eso no lo hace menos frustrante, lo sé. Déjame compensártelo pronto, ¿qué te parece cenar esta semana? Prometo poner tres alarmas esta vez. »

Lo releo varias veces, dudando ligeramente, pero decido finalmente enviarlo antes de que vuelva a ganar la inseguridad. El mensaje se marca rápidamente como leído. Siento cómo se acelera ligeramente mi pulso, esperando su respuesta con ansiedad.

Después de unos segundos que parecen eternos, finalmente el teléfono vibra. Dave responde con rapidez, como si hubiera estado esperando atentamente mi reacción.

> «Trato hecho Matt. Pero nada de restaurantes… mejor vente a cenar a la casa. Sarah cocina y los niños estarán felices de verte.»

Una sonrisa involuntaria aparece en mis labios, y siento una leve pero genuina sensación de alivio. Dave siempre logra encontrar la manera de transformar mis tropiezos en algo ligero, de invitarme a un terreno menos intimidante. Guardo lentamente el teléfono y me reclino en la silla, permitiendo que la calma regrese poco a poco a mi mente.

La noche en que conocí a Dave fue en mi restaurante favorito, ese pequeño lugar escondido en el centro de la ciudad al que voy regularmente cuando necesito desconectar del mundo y encontrar un poco de paz. Es de esos sitios elegantes, pero discretos; un refugio de calma en medio del bullicio constante de la ciudad.

Me encanta la atmósfera del lugar, con sus luces cálidas, casi doradas, que se reflejan suavemente en las paredes cubiertas por una combinación perfecta de ladrillo expuesto y madera oscura pulida. Las mesas son amplias, con manteles de lino blanco impecablemente planchados, cada una iluminada por una pequeña lámpara que proyecta un círculo de luz íntimo, justo para cenar cómodamente y poder sentirte protegido en tu espacio personal.

Siempre me siento en la barra, en el mismo asiento, justo en el extremo derecho, cerca de la pared. Ese rincón me permite observar el salón completo sin sentirme expuesto, y al mismo tiempo tener acceso directo a la puerta de salida, una pequeña obsesión mía desde que recuerdo. La barra es elegante, con una cubierta de mármol oscuro perfectamente pulida. Cuando mi mente se llena de pensamientos que no logro controlar, suelo deslizar suavemente las yemas de mis dedos sobre su superficie fría, trazando patrones imaginarios, como si ese simple gesto pudiera ayudarme a ralentizar el caos que llevo dentro.

James, el barman, ya me conoce lo suficiente como para no hacer demasiadas preguntas. Siempre me recibe con un breve asentimiento, como si entendiera perfectamente que estoy allí buscando silencio y tranquilidad. Mi copa de vino tinto, servida con precisión en una copa amplia y delicada, aparece frente a mí sin necesidad de pedirla. Lo mismo sucede con mi cena habitual: un bone-in New York servido término medio, perfectamente sellado por fuera y con ese tono rosado suave por dentro que siempre busco. Cada detalle del platillo, desde el aroma ligeramente ahumado hasta la textura jugosa y tierna, crea una experiencia tan reconfortante como equilibrada.

En esas noches en las que ceno solo, mi mente suele divagar con calma, navegando lentamente entre pensamientos y recuerdos. Observo discretamente a quienes suelen estar en el restaurante: parejas conversando en voz baja, ejecutivos solitarios perdidos en la pantalla de sus celulares, alguna que otra familia que parece celebrar algo especial, aunque siempre manteniendo el volumen en un susurro agradable que contribuye a la calma general del lugar.

Mientras espero mi comida, suelo perderme en detalles sutiles: la música suave de fondo, generalmente jazz o algún clásico instrumental que aporta serenidad al espacio, o el delicado sonido de los cubiertos y copas chocando ligeramente unos con otros. Me gusta cerrar brevemente los ojos, disfrutando de ese conjunto de sonidos tan cotidianos pero al mismo tiempo tan especiales, como un refugio auditivo que me aleja momentáneamente del caos constante.

Aquella noche en particular, recuerdo perfectamente que el lugar estaba inusualmente vacío: únicamente dos mesas ocupadas además de mí, creando una sensación aún más acogedora. Estaba absorto en mis pensamientos, observando distraídamente cómo James se movía detrás de la barra con movimientos precisos y fluidos, limpiando una copa con calma, cuando escuché la puerta abrirse suavemente, anunciando la llegada de alguien más.

No presté mucha atención inicialmente, acostumbrado como estoy a mantener cierta distancia con quienquiera que entra. Pero sentí cómo alguien caminaba lentamente en dirección a la barra, deteniéndose justo al lado del asiento vacío junto a mí. Al girar ligeramente la cabeza, noté que era alguien que no había visto antes: alto, con una postura relajada, cabello ligeramente despeinado y una sonrisa que parecía natural y auténtica, con ojos que se detenían curiosos en cada detalle del lugar, como si realmente estuviera absorbiendo el espacio a su alrededor.

Finalmente, observó el asiento vacío a mi lado con exagerada atención y luego volteó hacia mí con una expresión de preocupación tan teatral que era claramente falsa, pero divertida.

—Vaya, este lugar está abarrotado esta noche —dijo con voz ligeramente bromista, señalando con un gesto exagerado las numerosas sillas vacías que había alrededor—. ¿Te molestaría mucho si me siento aquí?

Enderecé la espalda sin darme cuenta, mis dedos se aferraron al mármol, como si necesitara sentir el frío para sostenerme; mi primera reacción siempre es cerrar la puerta antes de abrirla.

Lo miré unos segundos, sorprendido, pero incapaz de contener una leve sonrisa ante lo absurdo y divertido de su comentario. Normalmente, la sola idea de compartir mi espacio con un desconocido me habría causado ansiedad, incomodidad, un ligero estado de alerta. Pero algo en la espontaneidad y en la forma sencilla y genuina en que este hombre se había acercado me hizo sentir inesperadamente tranquilo.

—Supongo que podrías sentarte —respondí finalmente, tratando de sonar indiferente, aunque mi sonrisa ya había roto cualquier intento por parecer distante—. Pero tendrás que esforzarte mucho por no incomodarme demasiado.

Él rió suavemente mientras tomaba asiento lentamente junto a mí, con una confianza relajada, como si fuéramos viejos conocidos reencontrándose después de mucho tiempo.

—Haré lo posible por no arruinarte la noche —respondió, aún

con esa sonrisa genuina y amable—. Por cierto, soy Dave.

Extendió su mano hacia mí con tanta naturalidad que no pude evitar estrecharla, olvidando momentáneamente lo extraño que era todo esto para mí. Sentí la calidez y la firmeza de su saludo, y comprendí que ese pequeño gesto humano podía resultar reconfortante.

—Matt —respondí simplemente, sintiendo que, por alguna razón que aún no podía entender, aquella noche acababa de tomar un rumbo inesperado.

James se acercó con su habitual discreción, mostrando una leve expresión de sorpresa al ver que yo, el eterno solitario del lugar, estaba conversando cómodamente con alguien más. Dave observó rápidamente mi copa de vino y asintió ligeramente hacia ella, dirigiéndose al barman.

—Tomaré lo mismo que él, por favor —dijo con una sonrisa sencilla pero segura.

James asintió y, mientras se alejaba para servir la copa, Dave volvió la mirada hacia mí con una expresión ligeramente curiosa.

—¿Siempre vienes aquí solo? —preguntó con naturalidad, apoyando ligeramente los brazos sobre la barra—. Parece el tipo de lugar al que uno llega para desconectar del mundo.

Me quedé mirándolo por un instante, sorprendido por la exactitud con la que había definido mi rutina. Era extraño cómo una persona a la que acababa de conocer parecía haber captado algo tan esencial de mí, sin esfuerzo aparente.

—Así es —respondí finalmente, encogiéndome ligeramente de hombros—. Este lugar tiene algo especial. Supongo que me siento tranquilo aquí.

Dave asintió lentamente, observando con calma el salón casi vacío a nuestro alrededor, como si realmente intentara comprender la esencia del lugar.

—Te entiendo perfectamente —respondió suavemente, regresando la vista hacia mí—. Es curioso cómo hay ciertos sitios que logran hacernos sentir que pertenecemos, ¿no crees?

Aquellas palabras sencillas, pronunciadas con total honestidad, me impactaron más de lo que hubiera esperado. «Pertenecer» era una palabra que rara vez usaba, precisamente porque era algo que había sentido muy pocas veces en mi vida. Pero Dave lo decía con una naturalidad desarmante, como si fuera la cosa más común del mundo.

—Sí, creo que tienes razón —respondí con una leve sonrisa, desviando ligeramente la mirada, sintiendo cómo la conversación comenzaba lentamente a atravesar esa barrera invisible que solía mantener siempre con los demás.

En ese momento, James regresó con la copa para Dave, sirviéndola cuidadosamente sobre la barra antes de retirarse nuevamente, dejándonos solos. Dave levantó suavemente su copa en mi dirección, con un gesto casual pero genuino.

—Entonces, brindemos por esos pocos lugares que nos hacen sentir así —dijo con una sonrisa cálida.

Chocamos suavemente las copas y, al tomar un sorbo del vino, sentí que, por primera vez en mucho tiempo, compartir mi espacio con alguien no se sentía tan extraño. Al contrario, se sentía sorprendentemente bien.

Mientras la noche avanzaba, recuerdo haber sentido una creciente sorpresa por lo sencillo que era conversar con Dave. Normalmente, después de un par de intercambios superficiales, suelo perder interés o comenzar a sentirme inquieto, buscando cualquier excusa para retirarme pronto. Pero con Dave ocurrió algo diferente. Había una espontaneidad natural en él, algo genuino que hacía imposible no prestarle atención.

Hablamos durante horas sobre cosas cotidianas, desde nuestros gustos gastronómicos hasta los libros que nos habían marcado. La conversación fluía de un tema a otro sin esfuerzo, y aunque *al principio me costó un poco dejar de analizar cada palabra que salía de mi boca, pronto me di cuenta de que no era necesario.*

Durante esa noche descubrí mucho sobre él. Dave es psicólogo clínico y catedrático en la Southern Methodist University, reconocida ampliamente en Dallas por su prestigioso programa de psicología. Me habló con sencillez y entusiasmo sobre su trabajo, mencionando brevemente algunas investigaciones en las que participaba sobre salud mental y relaciones interpersonales. La manera en que describía su profesión reflejaba claramente la pasión y el compromiso auténtico que siente por lo que hace.

Me contó un poco sobre su vida personal, algo que normalmente no hubiera esperado en una primera conversación. Me habló de su esposa, Sarah, con un cariño que resultaba evidente en cada palabra. Me contó cómo se conocieron en sus años de universidad y cómo la sencillez de esa primera conversación lo llevó a entender rápidamente que ella sería la persona con quien quería compartir el resto de su vida. Habló con entusiasmo de sus dos hijos pequeños, Lucas y Emma, de seis y ocho años, describiendo sus personalidades con la precisión de alguien que los conoce profundamente y con el orgullo de un padre realmente presente en sus vidas.

Me sorprendió la naturalidad con la que Dave compartía esas historias, no como un intento de presumir, sino como una parte genuina e importante de quién es él. Mientras escuchaba cada detalle de su vida, sentí una conexión extraña y reconfortante que normalmente me niego a experimentar. Dave parecía comprender intuitivamente mi forma de ser, respetando mis pausas y mis pequeños silencios reflexivos sin incomodarse, dándome espacio pero al mismo tiempo permaneciendo cerca con una presencia cálida y constante.

Quizá lo que finalmente hizo que aquella noche se transformara en el inicio de una amistad fue precisamente eso: Dave no intentaba cambiarme, no parecía incomodarle mi forma diferente de funcionar. Al contrario, parecía disfrutar genuinamente la conversación tal como era, sin expectativas ni juicios.

Cuando finalmente nos despedimos esa noche, intercambiando números telefónicos casi por reflejo, me sorprendí al notar cuánto me alegraba la perspectiva de volver a conversar con él. Mientras caminaba hacia mi auto, en la calma profunda de la noche, sentí claramente que algo importante había cambiado. Dave, de alguna manera inesperada, había logrado abrir ligeramente una puerta en mi vida que yo mismo no sabía que estaba cerrada.

Ahora, sentado en mi oficina, con el teléfono todavía en la mano y la respuesta de Dave en la pantalla, sonrío ligeramente al recordar aquella primera noche. Es curioso cómo algunos encuentros inesperados pueden cambiar el rumbo de tu vida, ofreciéndote algo que ni siquiera sabías que necesitabas.

Por supuesto que nuestra amistad no ha estado libre de mis olvidos, mis despistes y esos pequeños errores que parecen inevitables en mi forma de funcionar. Pero Dave siempre ha logrado hacer que lo complicado parezca simple, y que mis errores no sean tan graves como los imagino.

Miro nuevamente la conversación en la pantalla, sintiendo gratitud por tener a alguien así en mi vida. Una amistad que llegó sin buscarla, inesperada y sencilla, y que, sin embargo, ha resultado ser profundamente valiosa.

Desde entonces, aunque lentamente, siento cómo la presencia constante y paciente de Dave ha comenzado a cambiar ligeramente la forma de verme a mí mismo. No es algo drástico o repentino; es más bien una sensación sutil, casi imperceptible. Quizá, después de todo, no necesito entender completamente por qué Dave me comprende tan fácilmente. Tal vez baste simplemente con aceptar que él lo hace y que, por alguna razón inexplicable, parece disfrutar genuinamente mi compañía.

Unos leves golpes en la puerta me sacan suavemente de mi reflexión.

—Matt, ¿tienes un momento? —pregunta Samuel con una sonrisa nerviosa—. Quería revisar algunos detalles contigo.

Asiento con calma, guardando el teléfono y girándome en mi silla para quedar frente a él.

—Claro, pasa, Samuel. De hecho, quería hablar contigo también —respondo, haciéndole un gesto para que tome asiento frente a mi escritorio.

Él entra lentamente y se sienta con esa tranquilidad que siempre muestra, aunque sé que por dentro suele estar mucho menos relajado de lo que aparenta.

—¿Algo pasó con el diseño? —pregunta ligeramente inquieto—. Creí que habíamos avanzado bastante el otro día.

—No te preocupes, es algo bueno —le digo con una sonrisa tranquila, intentando calmar su ansiedad—. He estado pensando en el lobby. Creo que encontré justo lo que le faltaba. Quiero añadir algunos elementos de agua y vegetación, para crear un ambiente más relajado, más armonioso. Algo que invite realmente a la gente a bajar el ritmo cuando entren en nuestro edificio.

Samuel me mira con atención, asintiendo lentamente mientras su expresión va cambiando de la preocupación inicial a un interés genuino.

—Eso suena muy bien, Matt —dice finalmente, con visible entusiasmo—. Creo que podría aportar muchísimo. ¿Tienes algo visual para mostrarme?

—Sí, justamente he estado buscando referencias toda la mañana —respondo, girando la pantalla del monitor secundario hacia él, mostrándole las imágenes que guardé anteriormente—. Mira, aquí tengo algunas ideas de jardines verticales, fuentes minimalistas y espejos de agua. Quiero algo sutil, que aporte calma pero que no robe protagonismo.

Samuel observa atentamente cada imagen, acercándose ligeramente hacia el monitor, analizando cuidadosamente cada detalle con esa precisión que siempre tiene.

—Me gusta esta idea —dice finalmente, señalando una imagen en particular que muestra una fuente discreta integrada entre vegetación—. Creo que encajaría perfectamente con lo que queremos transmitir. Es elegante, sutil, pero aporta justo la tranquilidad que mencionas.

Una sensación de alivio y entusiasmo se instala claramente en mi pecho al escuchar su aprobación.

—Exactamente eso es lo que pensaba —le respondo con una sonrisa sincera—. ¿Crees que podamos desarrollar algo así con el equipo?

Samuel asiente rápidamente, mostrando ahora una emoción más evidente.

—Sin duda, Matt. Me encantaría empezar a trabajar en eso. Creo que este podría ser justo el toque que haga destacar nuestro proyecto —dice convencido—. ¿Quieres que prepare algunas propuestas para mañana?

—Sí, sería perfecto —le digo con una calma renovada, sintiendo finalmente que las ideas comienzan a encajar claramente—. Sabía que podría contar contigo para darle forma a esto.

—Gracias por confiarme esto, Matt —dice con sinceridad—. De verdad creo que podemos hacer algo increíble aquí.

—Estoy seguro —respondo con una leve sonrisa, satisfecho con la dirección que está tomando el proyecto—. Ahora dime, Samuel, ¿qué era lo que querías revisar conmigo? Dijiste que tenías algunos detalles pendientes.

Samuel se detiene antes de salir, recordando claramente el motivo original por el cual entró en mi oficina. Vuelve rápidamente a la silla y abre una carpeta que había dejado sobre la mesa al sentarse, sacando algunos documentos y planos técnicos que comienza a extender cuidadosamente sobre mi escritorio.

—Sí, casi lo olvidaba —dice ligeramente avergonzado, pero recuperando enseguida su concentración habitual—. Tenemos que decidir sobre el material final de los paneles del lobby. Pedí varias muestras físicas para revisarlas, pero hay dos opciones en particular que me gustan. Ambas encajan con lo que buscamos, pero me gustaría saber tu opinión antes de avanzar con una decisión definitiva.

Me inclino hacia adelante con interés, observando los planos que Samuel ha colocado frente a mí, dejando por un momento atrás mis dudas y distracciones.

Mi mente finalmente parece estar enfocada en algo concreto, así que durante los siguientes minutos nos sumergimos completamente en los detalles técnicos, decidiendo juntos los ajustes necesarios.

Quizá no resolví todo, pero al menos Samuel saldrá contento de aquí. Hay días en que avanzar un poco ya es una pequeña victoria.

3 Casi Exitoso

La sala de conferencias respira antes de empezar. Aún no está llena, porque siguen llegando personas. El aire se siente pesado, compartido, como si cada una hubiese dejado suspendida una parte de su ansiedad en el ambiente. El murmullo de las voces se superpone como un tejido fino que cubre todo: frases incompletas, risas cortadas, el roce de libretas contra telas. El olor se mezcla en capas: café recién servido, cables eléctricos que calientan demasiado rápido, perfume barato que se confunde con uno caro. Las luces apuntan al escenario como flechas inmóviles, esperando al blanco.

En el camerino improvisado el tiempo es distinto. Allí no hay eco de pasos ni voces, solo mi respiración contenida. La pastilla de Ritalin descansa entre mis dedos unos segundos más de lo necesario. No es un milagro, nunca lo ha sido. La miro como quien contempla un hilo tenso que podría sostenerme al borde del abismo. No me cura, pero me recuerda que hay una forma de estar de pie en medio del ruido sin perder la línea. La coloco bajo la lengua, y con ella me trago un pensamiento incómodo: ¿sería yo el mismo sin esta pequeña ayuda química?

Mis manos sudan y las froto contra el pantalón. Siento la mandíbula trabada, los hombros rígidos como si cargaran un peso invisible. El control remoto del proyector en mi bolsillo es frío, metálico, un objeto mínimo que se vuelve talismán. Repaso la presentación por tercera vez, aunque sé que no es la memoria lo que me falla, sino la duda: la grieta que insiste en abrirse justo antes de cada salto.

Escucho cómo el murmullo detrás de la puerta sube y baja como una marea. Falta un minuto que se siente eterno. Respiro. Otra vez. El corazón golpea como si quisiera marcar su propio tempo.

La puerta se abre y el murmullo de la sala me envuelve como un oleaje. Cruzo el pasillo lateral con la sensación de estar caminando sobre un puente invisible: cada paso me acerca a un lugar donde ya no hay escondite posible. El escenario no es solo un espacio, es un umbral. La luz se posa en mi frente con una calidez que no perdona, como si quisiera marcar en la piel el inicio del ritual.

El control remoto en mi mano es de pronto más pesado, como si la decisión entera descansara en ese objeto mínimo. Mis dedos lo aprietan hasta que siento el borde metálico en la carne. Respiro. Una vez más. Y entonces, la voz.

—Buenas tardes —digo, y el sonido me sorprende: grave, firme, como si viniera de alguien más seguro que yo.

El silencio en la sala se acomoda, expectante.

—Este proyecto nació de una pregunta sencilla —continúo—: ¿cómo podemos construir un espacio que no se limite a albergar personas, sino que las invite a sentirse parte de él? No hablamos solo de muros o de techos, sino de un lugar que te recibe con los brazos abiertos.

Dejo que la frase respire un segundo. Algunos se inclinan hacia adelante.

—Este edificio, que pronto será la nueva casa de nuestra empresa, debía ser también un ejemplo de lo que queremos expresar con nuestros diseños. No solo oficinas: un lugar que represente lo que creemos.

—Lo que verán hoy no es únicamente un edificio. Es un intento de respuesta. Una búsqueda de pertenencia traducida en espacios, en texturas, en sensaciones.

Pulso el control y aparece la primera imagen en la pantalla: la fachada del edificio. Líneas limpias, vidrio que guarda la luz como si supiera que un día habrá oscuridad, volúmenes que respiran y se integran con la ciudad.

Continúo hablando, no con la prisa del técnico que defiende planos, sino con el cuidado de quien ofrece algo íntimo. Digo que la planta baja no es una muralla, sino un lugar abierto, pensado para ofrecer tranquilidad. Que el lobby no pretende ser un prólogo ruidoso, sino un respiro que da la bienvenida. Que los materiales son sinceros con su esencia: la piedra carga con su memoria, la madera no intenta ser otra cosa, el agua no es ornamento, sino pulso.

Mientras las palabras salen, noto que el aire de la sala cambia. La gente escucha distinto. Hay cabezas que asienten, plumas que se detienen un segundo antes de volver al papel. La pantalla ilumina mi rostro, pero siento que son mis propias imágenes internas las que se proyectan. Cada frase quiere abrir un lugar donde pertenecer sea posible. Y aunque mi voz sigue describiendo un edificio, sé que en realidad estoy hablando de mí.

Una mano se levanta en la tercera fila. El gesto es medido, casi quirúrgico. Reconozco el rostro: gafas de pasta, libreta de cuero, la mirada entrenada de quien no escribe para comprender, sino para diseccionar.

—¿Cómo garantizan que la estética no se coma la funcionalidad? —pregunta. Su tono parece neutro, pero sus ojos buscan grietas.

El silencio de la sala se concentra en un punto. Trago saliva, siento el control en mi mano como si fuera un amuleto. Respiro antes de responder, no con prisa, sino con el cuidado de alguien que camina sobre hielo.

—Haciéndolas la misma cosa —digo, y mi voz no tiembla—. La luz natural no es un capricho: reduce consumo y orienta. Las columnas están donde la estructura lo pide, pero sin permitir sombras sucias en la circulación. El agua regula el sonido, absorbe frecuencias que saturan al oído en horas pico. Los materiales no son ornamento: resisten, envejecen bien, cuentan la historia de su uso.

Algunos asienten. El periodista toma nota sin levantar la vista. Yo lo interpreto como un punto a favor, aunque mi mente insiste en preguntarse si anotó la respuesta o la duda.

Otra mano se alza, dos filas más atrás. Un hombre joven, camisa arrugada, voz más ágil:

—¿Qué hace diferente a este proyecto frente a otros edificios corporativos?

La pregunta lleva filo, pero también oportunidad. Sonrío apenas.

—Tal vez que aquí no pensamos en oficinas como contenedores de gente, sino en espacios que puedan bajar el pulso de quienes los habitan. No diseñamos para ocupar, diseñamos para pertenecer.

La frase se queda flotando. Una mujer en la primera fila asiente con una lentitud que me da un respiro. Microvictoria.

Las preguntas siguen: una sobre costos, otra sobre plazos. Las respondo con la firmeza que dan las horas de preparación. No hay tropiezos. Cada respuesta me sostiene un poco más, como si el escenario dejara de ser hielo y empezara a ser tierra.

Y, sin embargo, debajo de esa seguridad recién ganada, late la otra voz: no suenes ensayado, no suenes soberbio, no suenes vacío. La contengo como quien aprieta un cristal para que no se rompa en la mano.

Entonces, una mano se alza al fondo. Está de pie, voz grave, segura, de esas que cargan años de entrevistas detrás:

—¿No teme que tanto énfasis en la experiencia sensorial vuelva al edificio un lujo más que una necesidad?

El golpe es seco. La pregunta se abre paso entre las butacas como un dardo que busca clavar su sombra. Un par de cabezas se giran hacia mí, esperando la grieta.

Respiro hondo. La voz interna me susurra: responde despacio, no corras, no justifiques más de lo necesario.

—El verdadero lujo —digo, midiendo las palabras— no es poner mármol en una recepción. El verdadero lujo, hoy, es crear un espacio donde la gente pueda bajar el ritmo, donde pueda sentirse menos sola en medio de la rutina. Si eso se llama lujo, entonces creo que necesitamos más de él.

Un silencio breve. Luego, un murmullo de plumas contra papel. Veo un par de sonrisas contenidas. Siento el hielo bajo mis pies transformarse un poco más en suelo firme.

Termino la última diapositiva sin tropiezos. Un segundo de silencio, y entonces ocurre: un aplauso que comienza tímido, como lluvia en la distancia, hasta convertirse en un oleaje que lo cubre todo.

El sonido no es solo ruido: me atraviesa el pecho, retumba en las costillas, me empuja hacia dentro. Cada palmada es un latido que no me pertenece, pero que de pronto me sostiene.

La sala se levanta en olas. Algunos asienten con una sonrisa franca, otros se inclinan hacia adelante como si hubieran estado esperando justo este momento. Veo a dos periodistas de pie, y la silueta recortada contra la luz del proyector parece una fotografía ajena, como si yo no fuera el protagonista, sino un extraño que observa a alguien más encajar en el lugar exacto que debía ocupar.

El aplauso se vuelve envolvente, casi hipnótico. Me golpea en cámara lenta, una y otra vez, como si quisiera tatuar en mi piel la palabra «éxito». El calor de los reflectores se mezcla con el calor humano, y por un instante siento que todo se alinea: el proyecto, la gente, yo.

Y justo ahí, cuando parece que la celebración no se va a romper, aparece el primer tirón de la cuerda. Un cosquilleo en la nuca. Un músculo que se tensa sin permiso. La sonrisa en mi rostro se mantiene, pero por dentro ya escucho otra voz: ¿seguro que lo dijiste bien?, ¿no sonó arrogante lo de la misma decisión?, ¿por qué dudaste medio segundo en la diapositiva cuatro?

El cuerpo quiere celebrar. La mente, revisar.

Bajo del estrado con el calor de las luces todavía pegado a la piel. Samuel me aprieta el antebrazo; ese gesto firme y breve me devuelve a la superficie por un segundo.

—Brutal, Matt —dice, y por primera vez en semanas suelta la mandíbula.

Allison no habla; su abrazo rápido y apretado lo dice todo. Me deja una botella de agua en la mano como quien devuelve un ancla.

Firmo dos tarjetas, respondo tres felicitaciones de pasillo, prometo enviar un dossier. Camino hacia el estacionamiento con el eco de los aplausos aun resonando en mi mente… y, sin aviso, el interruptor. La mente empieza a rebobinar la cinta con una precisión cruel. El pecho se tensa. La respiración se vuelve corta. No hace frío, pero mis manos sí lo están.

El estacionamiento huele a concreto húmedo y a gasolina vieja. Mis pasos resuenan huecos, como si cada uno confirmara que la ovación quedó atrás, encerrada en la sala. El eco de los aplausos todavía me sigue, pegado a los talones, pero ya no suena como celebración: es un ruido lejano que se confunde con el golpeteo de mi propia respiración.

Conduzco en silencio. Las luces de la calle desfilan como un metrónomo insistente: faro, sombra, faro, sombra. En cada pausa, mi mente rebobina la cinta con una precisión cruel: ¿dijiste demasiado sobre la acústica? ¿Fui soberbio? ¿Por qué dudaste si conoces tu proyecto a la perfección? El volante se humedece bajo mis manos frías.

Al abrir la puerta de casa, Toby me recibe como si yo fuera el único humano del planeta. Su alegría no pide explicaciones, no espera perfección. Es un idioma que siempre entiendo. Salta, mueve la cola, apoya el hocico contra mi pierna con el peso exacto de un «aquí estoy». Le acaricio la cabeza y siento que la electricidad baja un milímetro, apenas lo suficiente para volver a respirar.

Dejo la botella de agua sobre la mesa, me quito la corbata con un gesto torpe. La cocina está en orden —gracias, universo; gracias, Allison, y también gracias, Rosa—. Abro una botella de vino. El corcho exhala un suspiro amable que siempre me calma. Esta vez, me calma a medias.

Camino hacia la sala con la copa en la mano, me siento y pongo la libreta sobre mis piernas. La abro. La página en blanco me espera como un espejo que no miente. Tal vez si lo escribo pueda entenderlo mejor… o al menos dejar de darle vueltas en mi cabeza.

Escribo despacio, como si cada palabra pesara más de lo que puede sostener el papel:

«Hoy todos aplaudieron. Y, sin embargo, vuelvo a casa con la sensación de haber olvidado algo esencial en algún cajón. El edificio habla de pertenencia, y yo camino por dentro como turista en mi propia obra. ¿Por qué, cuando todo sale bien, mi cabeza fabrica grietas?»

Dejo que la pluma respire antes de seguir.

«Me tomé la pastilla a tiempo. La voz interna se portó mejor. Pero ahí estaba igual, como un entrenador desde la banca: ahora mira a la izquierda, ahora pausa, ahora sonríe sin dientes. La sala estaba llena y yo pensé en salidas de emergencia. Gané en el escenario; perdí en el pasillo de regreso. ¿Es esto ser adulto? ¿Sostener dos verdades al mismo tiempo sin que se peleen?»

Cierro los ojos. El vino sabe a madera, pero también a preguntas que no se callan.

Amarillo, fiesta del «Junior High».

Las luces giratorias se mueven como planetas torpes, lanzando destellos verdes y violetas sobre paredes desnudas. El aire huele a soda derramada, a desinfectante barato, a nervios adolescentes. El calor se acumula en las esquinas: cuerpos apretados, perfumes demasiado dulces, sudor fresco que se mezcla con el humo que llega de la entrada. La música golpea con un ritmo conocido, pero en mí no encuentra dónde habitar.

Estoy pegado a la pared con un vaso de soda en la mano. El hielo choca contra el plástico como un reloj insistente. La condensación escurre por mis dedos, me enfría la piel y, al mismo tiempo, me recuerda que sigo ahí, inmóvil. La camisa me aprieta en los hombros, la etiqueta en la nuca raspa. *Todo se siente diseñado para recordarme que no encajo.*

Frente a mí, grupos de chicos y chicas forman círculos que parecen murallas; se abren y se cierran sin esfuerzo, como si hablar, reír y entrar en esas danzas sociales fuera tan natural como respirar. Los zapatos brillan bajo las luces, marcando pasos improvisados que aun así parecen coreografiados. Las risas se elevan por encima de la música, perfectas, sincronizadas, como si todos conocieran una clave secreta que a mí nunca me dieron.

Yo miro desde afuera, intentando descifrar el idioma secreto que utilizan. ¿Cómo saben en qué momento acercarse? ¿Qué palabra usar? ¿Dónde poner las manos? Me digo que tal vez es un código heredado, un instinto que a mí me falta.

Cada tanto alguien cruza el gimnasio corriendo, otro se lanza a la pista con una seguridad que me resulta incomprensible. Yo permanezco quieto, sosteniendo el vaso como si fuera mi única defensa.

Un profesor pasa a mi lado, apenas una sombra con olor a tabaco suave y chaleco mal abotonado. Me mira un segundo y sonríe con condescendencia.

—Solo fluye, Matt —dice, y sigue caminando como si hubiera entregado la clave del universo.

Fluir. Qué verbo tan fácil de pronunciar y tan imposible de conjugar para mí. En mi cabeza, el agua nunca corre libre: busca represas, se acumula en capas, se convierte en ángulos y silencios. Abro los ojos. En la libreta todavía me espera una hoja en blanco, como si quisiera preguntarme si algún día lograré conjugar ese verbo.

Vuelvo a la página:

«En la presentación de hoy también me dijeron "fluye". Sonreí. No es que no pueda. Es que mi manera de fluir es otra: por capas, por ángulos, por silencios. A veces confunden eso con frialdad. No lo es. Es cuidado.»

Me detengo para respirar. El vino tiene también notas de cuero; pienso que los catadores inventan metáforas para nombrar lo que cuesta. Tal vez escribir esto sea mi cata del día. Paso la hoja.

«Sé que el proyecto está bien. Lo sé en el cuerpo: los detalles encajan, el lobby respira, la gente se va a sentir menos sola ahí dentro. Aplausos, correos que llegarán mañana, reuniones nuevas. Dicen éxito. Yo digo casi. Porque lo de afuera salió impecable y lo de adentro sigue con su eco. Y, aun así... hoy, por unos minutos, también pertenecí.»

Cierro la libreta con suavidad. No es un portazo, es un gesto de «por hoy basta». La dejo sobre la mesa, junto a la copa, como quien suelta un peso y lo deja reposar.

En la cocina, pongo agua a hervir. El burbujeo rompe el silencio de la casa. Echo pasta sin mirar el reloj. El ajo chisporrotea en aceite y ese sonido doméstico me coloca los pies en el suelo. El aroma se expande lento, honesto. Sirvo poco. Como despacio. El mundo se reduce a lo que puedo nombrar: plato, tenedor, queso, respiración.

Toby se acomoda a mis pies, enroscado como un secreto que no pide nada más que estar. Suspiro con él.

Antes de apagar las luces, programo tres alarmas en el teléfono: recordatorios mínimos que mañana serán cuerdas de equilibrio.

Una para llamar a Samuel, otra para pedirle a Allison que confirme las entregas, otra simplemente para no olvidar comer. Pequeñas victorias contra el caos.

En la habitación, la casa crece hacia el silencio, no hacia la oscuridad. Toby rasca la colcha, da dos vueltas sobre sí mismo y cae hecho ovillo en la esquina de la cama. Me recuesto. La mente todavía habla, pero ya no grita. Repite escenas como si quisiera aprenderlas de memoria. Esta vez le doy permiso: por hoy, puede quedarse.

Cierro los ojos con una certeza pequeña, del tamaño de un secreto: el edificio que presentamos quiere enseñarme algo que yo tardo en entender. Que pertenecer no es un lugar al que se llega, sino un gesto que se repite. Una fuente que, sin hacer ruido, sigue corriendo.

Toby suspira. Yo también. Y, por primera vez en todo el día, eso alcanza.

Humberto M. Sotomayor

4 Sombras del Pasado

El correo llega a media mañana, justo cuando estoy a punto de volver a perderme en la textura de la piedra digital que cubre la pared del lobby. El sonido de la notificación corta el aire como un cuchillo pequeño, limpio, preciso. Podría haber sido Allison con un recordatorio, Samuel con una duda de estructura, algún proveedor insistiendo por una entrega. Pero el nombre en el asunto me detiene como si alguien hubiera tirado del freno de mano en mitad de la autopista: Elena Ramírez.

Mi dedo se queda flotando sobre la pantalla del teléfono, suspendido en ese gesto mínimo donde cabe un mundo. No abro el correo. Siento primero cómo mis oídos afinan el zumbido del aire acondicionado, cómo un reflejo en el monitor se estira, cómo el olor a café quemado —ese que nadie reconoce hasta que ya es tarde— sube y baja con el aire de la oficina. Me quedo mirando el render. Luz en diagonal, sombras blandas, el espejo de agua que ensayamos ayer. Qué ironía. Agua para calmar al mundo, pienso, y mi mundo acaba de encender todas sus alarmas silenciosas.

Dejo el teléfono boca abajo, como si así pudiera devolverlo a su estado anterior, y acerco la silla al escritorio. La punta del lápiz golpea sin querer el borde de aluminio. Tic, tic, tic, tic. Invoco la lista: revisar el detalle de unión entre los paneles de madera y la losa; confirmar con acústica los coeficientes; llamar a materiales; pedir a Samuel el archivo de cálculo ajustada. Hago zoom. Reduzco. Hago zoom otra vez. El cursor parpadea sobre una cota; parece esperar algo de mí. Yo no llego.

Cierro los ojos un instante. Bastaría con abrir el correo, leer lo obvio: «Matt, espero estés bien. Estoy trabajando con Horizon Group, y nuestro equipo está interesado en colaborar con Divergent Holdings en el proyecto del edificio. ¿Podemos reunirnos esta semana para discutir detalles? Sé que ha pasado tiempo, pero sería bueno verte. – Elena». Lo sé sin leerlo, o tal vez ya lo leí, entre línea y línea de todo lo que no dijimos. Sostengo el aire, lo suelto.

Me levanto. Camino hacia la cafetera, no por café, sino por costumbre. La jarra está medio vacía; huele a ese amargor del segundo hervor. Yo también me he recalentado muchas veces. Cambio el filtro con una concentración absurda, acomodo la bolsa, pongo agua. El goteo empieza como lluvia leve en el interior de una tienda. Podría quedarme aquí un rato, escuchando, mientras nada pasa. Pero todo está pasando.

—¿Todo bien, Matt? —Allison aparece sin hacer ruido; no sé cómo cruza la oficina como un gato con tacones. Trae una carpeta, bolígrafo, esa mirada que sabe todo lo que no le cuento.

—Sí —respondo demasiado rápido. No levanto la vista.

Allison posa la carpeta en la barra, me observa. No pregunta aún. Se acerca a la cafetera, la olfatea, frunce ligeramente la nariz.

—¿Segundo hervor?

—Tercero —respondo, y por fin la miro.

Ella entorna los ojos, ese gesto entre risa y regaño.

—Te traje las cotizaciones del vidrio bajo emisivo y la confirmación del proveedor de madera —dice, tocando la carpeta—. Y un mensaje de Samuel: dejó la última versión del modelo en el servidor. Y… —deja que el silencio haga su parte—, hay algo más, ¿no?

—Elena —digo, sin disfraz. El nombre se queda suspendido entre nosotros como una cuerda tensa.

Allison suelta el aire despacio. Apoya la cadera en la encimera, cruza los brazos. Espera.

—Me escribió —añado—. Horizon. Colaboración. Reunión.

—Ajá —dice, ni sorpresa ni juicio. Solo territorio mapeado.

—No la veo desde hace tres años —continúo—. Y no sé si puedo… —llevo la mano a la sien—, no sé si puedo estar en la misma habitación y no hacer… esto —abro las manos: círculos concéntricos, mil rutas de escape.

Allison asiente, sin moverse.

—¿Le respondiste?

—No. Aún no.

—Bien —dice—. Entonces todavía estamos a tiempo de que no te vayas por el barranco de la impulsividad o de la evasión. —Su voz es suave, el borde firme.

Me echo a reír, sin demasiada alegría.

—Gracias por tu confianza.

—Tengo un guion para ti —dice, y abre la carpeta como si hubiera estado esperándolo. Saca una hoja, la deja en la barra frente a mí—: «Recibí tu correo. Gracias por pensar en nosotros. Me parece valioso explorar la colaboración. Allison puede coordinar día y hora. Saludos, Matt». Profesional, conciso, sin promesas afectivas ni madrigueras.

—Podría escribir eso —digo.

—Podrías —responde. Me mira como si completara la frase en

su cabeza: Podrías y sobrevivirás. Luego agrega—: Si prefieres, lo envío yo desde mi correo. Que quede claro que estás de acuerdo, que no estás huyendo.

—No sé si… —empiezo.

—Matt —me interrumpe con cuidado—. Puedes no estar listo y aun así estar. Son cosas diferentes. Esto hoy es trabajo. El resto… llegará cuando tenga que llegar.

Me llevo la hoja, la releo. «Allison puede coordinar». Es un salvavidas con nombre. Es también una forma de decir: puedo estar sin tener que exponer el cuello. Asiento. Guardo la hoja en el bolsillo.

—Gracias, Alli.

Ella palmea la carpeta.

—Para eso me pagas —dice con sonrisa ladeada—. Y por recordarte comer. Hablando de eso: te dejé un wrap de pavo en el refri. Sin excusas.

—Sí, mamá —respondo en automático.

Sonríe. Antes de irse, se detiene en la puerta.

—Matt… —dice. Yo levanto la vista—. No dejes que tu cabeza te gane esta. Ya te vi ganar cosas más difíciles.

—¿Cuáles?

—Le has ganado a la idea de que no perteneces —responde—. Aunque sea por momentos. Y un momento es todo lo que se necesita para cruzar un puente.

Se va. La puerta se cierra sin ruido. El goteo de la cafetera insiste. Tomo el teléfono. Lo giro. Abro el correo. Lo leo de principio a fin, sin respirar.

«Matt, espero estés bien. Estoy trabajando con Horizon Group, y nuestro equipo está interesa-

do en colaborar con Divergent Holdings en el proyecto del edificio. ¿Podemos reunirnos esta semana para discutir detalles? Sé que ha pasado tiempo, pero sería bueno verte.
—Elena»

Es profesional. Es medido. Entre esos dos adjetivos viven todos mis fantasmas.

Tecleo una respuesta. Borro. Tecleo otra. Borro. Acabo escribiendo exactamente la frase de Allison, con un añadido pequeño, casi imperceptible:

«Recibí tu correo. Gracias por pensar en nosotros. Me parece valioso explorar la colaboración. Allison puede coordinar día y hora. Quedo atento, Matt.»

Dudo. Aprieto Enviar. El mundo no se detiene. La cafetera, el aire, el render, todo sigue. Aun así, la sala me parece un poco distinta, como si alguien hubiera corrido el mobiliario medio centímetro.

Vuelvo al monitor. Abro el modelo. Una sombra extraña atraviesa el lobby; es solo un sol mal colocado, pero por un segundo pienso en una silueta acercándose al mostrador, un gesto conocido, una voz que me saca del plano.

El día transcurre con esa cualidad gelatinosa de las horas que no se adhieren. Hago llamadas, firmo dos documentos, ensayo tres veces el borde de piedra con el vidrio hasta que queda exacto al milímetro. Samuel entra y sale con su timidez de siempre, pero lo veo contento con cómo resolvimos la escalera. Le digo que sí, que el radio de la curva va así; que no, que el pasamanos no debe cortar la línea. Me escucha, asiente, toma notas. Allison me manda un mensaje a media tarde con confirmaciones:

«Jueves, 10:00 a. m., Horizon. Sala de juntas 3. Te acompaño».

Solo leer «te acompaño» baja un grado la temperatura de mi nuca.

A las seis, decido irme temprano. No es temprano, pero para mí sí. Apago la lámpara de escritorio, recojo el lápiz, cierro sesión en la computadora. Toby salta del sofá de la oficina —me gusta que me acompañe a la oficina cuando no iré a ningún otro lugar— y me sigue con ese trotecito alegre de perro confiado. Allison me intercepta en el pasillo.

—Te mando por la noche el resumen de pendientes —dice—. ¿Necesitas algo más?

—Solo que mañana me recuerdes lo de los paneles del ala este —respondo.

—Ya está en tu calendario. Y, Matt... —hace una pausa—, resérvate el resto de la noche para ti. Sin emails.

—Lo intentaré —digo.

Ella me mira. No compra intentar.

—Lo lograrás —corrige, como quien cambia un plano mal acotado.

Sonrío, resignado.

En el elevador, solo, la superficie de acero me devuelve una versión de mí que parpadea con la luz. El trayecto hasta el estacionamiento es breve. El concreto exhala frío. Subo al auto. Toby salta al asiento del copiloto y se acomoda; su collar suena como una campanilla discreta.

Enciendo el motor. El estéreo arranca con una playlist de música country; la dejo sonar un par de compases antes de cambiarla por jazz suave, contrabajo y cepillos acariciando platillos. El cambio es como bajar la luz de una lámpara. Salgo a la avenida: la ciudad, a esta hora, es una cinta continua de luces rojas que respiran y se apagan al ritmo del tráfico. Me dejo llevar por ese pulso; por unos minutos no pienso en nada… y, al mismo tiempo, pienso en todo.

En un semáforo, dos autos adelante, una mujer cruza la calle con el cabello recogido en un moño bajo, mechones sueltos que enmarcan la nuca. No es Elena, pero mi cuerpo ya decidió que sí por tres segundos. Es increíble la velocidad con la que la mente fabrica presencias. La mujer se pierde entre la gente. Me quedo con la estela de un perfume inventado.

El semáforo cambia. Avanzo. El siguiente alto, más corto, me regala un recuerdo pequeño, uno de esos que no lastiman por lo que fue, sino por lo que no supe ver:

> *Estamos en la fila de una panadería un sábado por la mañana; el aire huele a harina caliente y café recién molido. Elena me toma de la manga y, con una media sonrisa, susurra: «Pide la dona de vainilla, no la de chocolate, confía». Yo, que confío en muy pocas cosas, confío. La de vainilla tiene esa textura blanda, ese sabor exacto a una infancia que no es la mía, y eso me hace reír sin decir por qué. Se lo transmito con una mirada; ella asiente, como si hubiera esperado ese gesto desde siempre. Ese día todo parecía fácil. Nada lo era. Pero por un rato, sí.*

Vuelvo.

La bocina de atrás me recuerda que soy un hombre conduciendo de regreso a su casa en una tarde común. Giro a la derecha. El sol cae a un lado y tiñe de cobre las fachadas. Pienso —como si pedirlo cambiara algo—: Ojalá el jueves haga calor. Prefiero los días calurosos para enfrentar cosas.

Toby se adelanta por el pasillo apenas abro la puerta. Apoya las patas delanteras en mi muslo, hunde el hocico en mi mano como si con eso pudiera meterme en el presente. Lo logra. Cierro. La casa huele a madera limpia y a ese olor a piedra húmeda que me sigue gustando. Las luces de la sala se encienden cálidamente a media intensidad. Dejo las llaves en el plato de metal. Sonido familiar.

Voy a la cocina y abro el refrigerador. Un contenedor de vidrio con sobras de pasta «gracias, pasado inmediato» me espera junto a una bolsa de hojas verdes en el cajón. Saco una copa y una botella. El corcho sale con ese suspiro que siempre me hace pensar que alguien, en algún lugar, inventó un sonido distinto para cada acto que calma. Sirvo poco: no es noche de vino largo, sino de un sorbo que acompaña.

Podría poner música, pero no lo hago. Prefiero dejar que el silencio se acomode en las esquinas. Caliento la pasta mientras observo cómo la flama dibuja una danza en azul. El movimiento hipnótico me sostiene unos segundos, hasta que la mente interrumpe con una lista que empieza a crecer: mañana hay que llamar a acústica; el jueves… Elena. El pensamiento me provoca un pequeño mareo.

Le pongo a Toby su cena. Se sienta antes de que yo se lo pida. Come feliz, con ese entusiasmo práctico de quien sabe disfrutar lo que tiene delante. Lo envidio un poco.

Llevo mi plato a la mesa. La madera está fría bajo los antebrazos; me gusta apoyar el peso ahí, como si la mesa pudiera sostenerme más allá de la postura. Doy un bocado; la pasta está mejor que anoche —hay platos que necesitan dormir para saberse—. Bebo un sorbo. Cierro los ojos. El vino trae notas de madera y algo que mi cabeza decide llamar ciruela, aunque no sepa si eso existe. No pienso en catas; pienso en anclas.

El teléfono vibra. Lo ignoro. Vuelve a vibrar. Lo miro: Allison:

«Jueves confirmado. Yo paso por ti a las 9:20. No hay discusión. Buenas noches».

Respondo con un pulgar y lo vuelvo a dejar boca abajo. Es un gesto que, con el tiempo, se ha convertido en frontera; un modo de decir «por hoy, hasta aquí».

La noche pide que la llene con algo que no sea trabajar.

Camino hasta la sala y me dejo caer en el sofá. Toby se acurruca junto a mí, enredado y tibio, como si su calor supiera ocupar exactamente el espacio que me falta. La lámpara de esquina dibuja un cono de luz suave que apenas roza la alfombra, recortando sombras tranquilas.

Voy al librero del otro lado y mis ojos se detienen en un libro: «El arte de conducir bajo la lluvia». Sonrío, no sé si por coincidencia, destino o lo que sea.

No lo abro; me limito a sostenerlo unos segundos, perdido en mi propia burbuja, como si el simple peso del libro bastara para acompañarme esta noche.

Camino despacio, llevando conmigo una calma que sé que no va a durar.

Apago la luz del comedor y la casa se ajusta a una penumbra amable. Subo a la habitación. En la mesita, la libreta. La miro con la precaución con la que uno mira algo que sabe que va a doler y también a aliviar.

Antes de escribir, mi cabeza, como si pidiera permiso, proyecta con claridad quirúrgica la escena que he evitado tantas veces. La última conversación que importó. No fue grito. No fue pelea. Fue una marea bajando. Vuelvo a ella.

Viernes, hace como tres años. Casa. Noche.

Cocino. Ya no sé qué. Recuerdo el olor: albahaca, tomate, ajo bebiéndose el aceite a fuego bajo. El cuchillo en mi mano encuentra un ritmo. Cortar cebolla siempre me mueve algo extraño: lloran los ojos, pero no por lo que crees.

Elena está sentada en la barra, un pie descalzo, el otro rozando con la punta la madera del taburete. Un libro abierto frente a ella, pero no lee. Lo sostiene como quien sostiene un objeto que hace compañía.

—¿Te acuerdas de nuestra cita de ayer? —pregunta sin levantar la vista.

Mi mano se detiene un segundo. (Cita. Ayer.) La palabra «ayer» abre una puerta en mi cabeza que da a un cuarto sin luz. Recorro mentalmente mi ruta: juntas en la mañana, llamada con el proveedor, prueba de materiales a las cuatro, render final hasta tarde. La memoria me muestra imágenes sueltas, parpadeos. Nada que diga cita.

—Lo olvidé —admito, apoyando el cuchillo—. Estaba…

—Trabajando —completa, sin agresión. Solo cansancio—. Siempre estás trabajando, Matt. No te pido que dejes de ser tú. Solo que estés aquí. Conmigo.

Quiero decirle que sí, que estuve, que no se ve, pero estuve.

Que hay una parte de mí, esa que se mete por un agujero cuando el mundo se hace ruido, que también la quiere. Que no lo hago a propósito. Que mi cabeza es un laberinto y a veces pierdo las cosas importantes en los pasillos interiores, que dejo migas y el viento las levanta. Que hay momentos en que todo es un foco encendido y yo no sé cómo apagarlo, y entonces apago todo. Pero lo que hago es volver al cuchillo. Corto. Acomodo. Ordeno. Pongo sal como quien cree que el sodio cura.

Elena cierra el libro. Me mira. Sus ojos tienen esa claridad de quien ya sabe. Se acerca la copa de vino a los labios, no toma. Vuelve a dejarla.

—No quiero pelear —dice. Y yo pienso: pelear sería más fácil.
—Solo... te estoy diciendo que me canso de ser siempre la segunda voz en tu cabeza.

Su tono no sube. Se queda.

Siento algo físico, como si la sangre en mi pecho hubiera encontrado una curva inesperada. Apoyo las manos en la cubierta de mármol —fría, lisa— y la recorro como si buscara respuesta en la piedra.

—Estoy aquí —digo.
—Estás en muchas partes a la vez —responde—. Y no te juzgo por eso. Te amo por eso también. La forma en la que ves el mundo, el modo en que registras la luz cuando entra por una ventana como si te hablara. Pero cuando estamos juntos, a veces necesito... menos ventanas. Una sola. —Sonríe con tristeza—. Y con cortinas.

Cierro los ojos. La imagen absurda de un espacio con una sola ventana, cortinas pesadas, me da un segundo de gracia. Lo pierdo.

—Estoy aprendiendo —digo—. Estoy... —me ahogo un poco en la palabra—, intentando.

—Lo sé —responde de inmediato. Es lo peor y lo mejor de

Elena. Sabe. —Y por eso duele más. Porque lo intentas, y aun así... —deja la frase flotando, como quien no quiere firmar un papel que igual es cierto.

Sirvo la pasta. Pongo su plato frente a ella, el mío del otro lado. Nos quedamos de pie, separados por la barra. Tomamos los cubiertos como si con ese gesto pudiéramos sostener todo.

—No quiero que esto sea una lista de tus fallas, Matt —dice después de un bocado—. Yo también... —se ríe con el aire—, yo también soy una constelación de defectos.

—No lo eres —respondo automático.

—Sí lo soy —insiste, sin arrogancia—. Me desespero cuando no entiendo tus silencios. Pienso que tienen que ver conmigo y a veces no. Me siento sola cuando te vas para adentro y me quedo afuera, golpeando una puerta que no oyes. Me vuelvo pequeña cuando te pierdes en tu mundo y yo soy apenas un hilo del borde. Y luego me enojo por sentirme pequeña. ¿Ves?

Asiento. Veo.

—No sé cómo ser diferente —digo, y es la verdad que más pesa. No es una defensa. Es un velorio.

Elena deja el tenedor. Viene hacia mí. Apoya la frente en mi clavícula. Yo la envuelvo con los brazos. Huele a su perfume de siempre, a flores frescas. Se queda ahí un momento que quisiera habitar como casa.

—Yo no te pedí ser diferente, Matt —susurra—. Te pedí estar. Y estar, para ti, a veces es... una montaña.

—Quiero aprender a subirla —respondo, casi en voz baja.

—Lo sé —dice, otra vez—. Y a veces la subes. Y la vista es hermosa. Pero después te pierdes en las nubes. —Se separa. Me mira—. No te estoy dejando hoy. —Lo dice con una calma que asusta—. Pero quizás ya me estoy yendo hace tiempo. Y duele decirlo. Mucho.

Sus palabras quedan suspendidas en el aire, como si la cocina entera se hubiera detenido a escucharlas. Siento un vacío en el pecho, un eco que se expande y me deja sin aire. Me aferro al borde de la barra, notando el frío del mármol bajo mis dedos, como si eso pudiera anclarme a algo sólido.

—No quiero perderte —digo, con la honestidad de un niño que por fin encuentra la palabra.

—Yo tampoco quería perderte —responde. No hay reproche. Solo un inventario de hechos.

Cenamos en un silencio que no es castigo. Es cuidado. Lavamos los platos como si estuvieran hechos de porcelana antigua. La espuma tiene ese olor a limón que acaba con todo, incluso con lo que debería quedarse. Seco una copa con un paño que empieza a dejar pelusa. Ella toma sus cosas. No se va. Se sienta en el sofá. Me siento junto a ella. No nos tocamos.

—¿Podemos intentarlo otra vez? —pregunta, y lo odio por un segundo. Porque la respuesta es sí, porque la amo, pero sé que un sí no basta. Y ninguna hace justicia. Solo lo pienso, y luego respondo.

—Podemos —digo—. Y podemos también admitir que a lo mejor intentarlo otra vez es alargar una casa que tiene grietas en las columnas. —Hablo mi idioma: el de los edificios—. Se puede reforzar. Se puede inyectar resina. Se puede apuntalar. Pero hay cosas que... —me callo.

—Hay cosas que solo se dejan de usar —completa—. Y se recuerdan. —Me mira, con ternura—. No te estoy pidiendo que me olvides. Te estoy pidiendo que no te lastimes por no ser lo que crees que deberías.

La noche nos abraza. Ella se queda a dormir. Yo no duermo casi. La escucho respirar, y por primera vez, ese sonido que siempre me calmó, me parte algo por dentro. A la mañana siguiente, no hay pelea, no hay portazo. Hay un abrazo largo en la puerta. Una promesa que no sabemos cumplir: «nos escribimos».

Nos escribimos unas semanas. Después, la vida hace su trabajo de río. Nos llevó a orillas distintas. Esa fue la última noche que estuvimos juntos.

Abro la libreta.

La página en blanco me mira con su transparencia de interrogatorio. Paso la yema de los dedos por la fibra del papel. Asiento, como si estuviéramos de acuerdo en algo. Tomo el bolígrafo. Escribo lento, como quien no quiere despertar a nadie.

«Hoy me escribió Elena. Trabajo. Horizon. Jueves a las 10.

Llevo horas intentando nombrar lo que siento y el inventario es ridículo: miedo, alivio, ganas, pánico, curiosidad, ternura viejísima, culpa vieja y nueva, la sensación exacta de abrir una puerta que conozco y, sin embargo, no.

No soy normal. (Lo escribo y no sé si reírme o abrazar al niño que debió escuchar esto dicho de otra manera.) Sé que mi cabeza funciona como esas lámparas con mil filamentos: todo se enciende a la vez. A veces es hermoso: veo lo que otros no ven, conecto ideas, percibo la luz en las cosas y la traduzco a piedra, a madera, a agua. A veces es una jaula con muchas ventanas: me distraigo, me pierdo, olvido citas, lastimo sin querer. Querría no ser así. No por mí. Por quien se sienta a mi lado y tiene que bailar con un ritmo que no escogió.

Con Elena quise aprender otro compás. Hubo días en que lo logramos, y bailamos preciosos. Hubo días en que la música se me iba de las manos. Pienso si verla ahora me serviría para cerrar, y me contesto que quizás no se trata de cerrar nada que no está del todo abierto. Quizás se trata de reconocer que hay heridas que aprenden a vivir con nosotros, convertidas en cicatriz.

Quisiera decirle algo el jueves que no sea otra promesa de intervención. Quisiera decirle "gracias por habitar mi casa cuando estaba llena de ruido" y "perdón por haberte pedido que apagaras las luces que eran tuyas". Quisiera pedirle que entremos a esa sala con dos ventanas: una por donde entre trabajo, otra por donde salga el pasado si quiere.

Tengo miedo de que me vea como antes y, a la vez, deseo que me vea, aunque sea por un segundo, con esos ojos donde yo me reconocía. No para volver. Para saber que ese yo existió y que ahora habita en un cuerpo que está intentando hacerse un poco más habitable.

No sé si estoy listo. Pero puedo estar. Puedo llegar a las 9:57. Puedo respirar antes de hablar. Puedo responder preguntas sin construir catedrales de justificación. Puedo decir "no sé" y también "no puedo responder eso ahora". Puedo cuidar a ese de mí que se desordena, sin usarlo como excusa.

No quiero esconderme.

No quiero demostrar nada.

Quiero estar.»

Dejo el bolígrafo. Me quedo con la frase «quiero estar» dando vueltas como un pez en un acuario pequeño. Toby levanta la cabeza, me mira, emite ese suspiro de perro que siempre suena a aceptación. Lo acaricio.

Vuelvo a tomar la libreta. Agrego, debajo, como si hablara con ella:

«*E.,*»

No te escribiré esto. Pero me hace bien escribirlo.

> «*Eres, todavía, una casa en mi memoria. Una con cocina y una barra donde aprendí a cortar más que verduras. Si nos vemos el jueves, prometo no llevar goteras. Si llega la lluvia, me pondré al lado tuyo para que no nos empape, pero no intentaré arreglar el clima.*
>
> *Gracias por los sábados de pan. Gracias por la dona de vainilla. Me enseñaste a confiar en sabores que no sabía nombrar.*
>
> *Si venimos a hablar de trabajo, hablemos de trabajo. Yo haré mi parte. Y si el pasado empuja la puerta, la mantendré entreabierta, no para que vuelva, sino para que respire un poco y siga su camino.*»

Cierro la libreta. No de golpe. Como quien guarda un traje limpio. La dejo en su lugar de siempre. Siento el peso del papel como una piedra caliente sobre el pecho.

Voy al baño. Me lavo la cara. El espejo, ese animal que no perdona, me devuelve a un hombre con los ojos un poco más rojos y la boca un poco más quieta. Apago la luz. Vuelvo a la cocina. Lavo la copa con cuidado; hoy el paño no deja pelusa. Recojo el plato. Dejo la cocina como me gusta verla: lista para empezar de nuevo.

En la habitación, el teléfono tiene un punto rojo: un correo sin leer. No lo abro. Lo pongo en silencio. Programo la alarma de siempre, una y otra. La de emergencia, por si acaso. La de estar, por si la de emergencia falla.

Apago la lámpara de la mesita. La casa, a oscuras, no pesa. Toby da dos vueltas sobre sí mismo y se acurruca en los pies. Cierro los ojos. La imagen de Elena recortada contra la luz del mediodía me visita un segundo y se va. Detrás queda una sala de juntas, una mesa grande, vasos con agua. Puedo ver mis manos abiertas sobre la madera, mis dedos quietos. Puedo escuchar, quizá, mi voz sin demasiados adornos.

No hay cierre hoy. No lo busco. Hay un jueves en camino, una reunión con nombre, un edificio que nos pide lo mismo que yo me pido: pertenecer sin gritar, por decisión, por ritmo. Me digo —apenas— que tal vez mi trabajo más serio no ha sido nunca levantar muros, sino aprender a abrir ventanas sin perderme por ellas.

Me duermo con una certeza pequeña, modesta, casi doméstica: puedo estar en una habitación con Elena como un adulto. No para volver. Para honrar lo que fuimos apoyando con respeto lo que ya no somos.

Humberto M. Sotomayor

5 Bailar en el Ruido

«Vive por ahora las preguntas.
Tal vez,
sin darte cuenta,
vivirás poco a poco las respuestas.»
— **Rainer Maria Rilke, Cartas a un joven poeta.**

El jueves amanece más lento de lo que esperaba. Quizá sea el insomnio, quizá la lista mental que repaso desde las 4:17 a. m., quizá las tres alarmas que programé para asegurarme de no llegar tarde. En cualquier caso, el sol entra por la ventana con un tono que no decide si quiere ser optimista o invasivo. Toby me sigue mientras recojo la cocina y reviso por tercera vez que llevo todo lo necesario: carpeta con planos, El iPad con la última presentación, un bolígrafo que me gusta porque rueda bien sobre el papel.

Allison llega puntual a las 9:20, tal como prometió —y amenazó— en su mensaje. Abre la puerta sin esperar a que yo lo haga, como si fuera su casa.

—Listo —dice, evaluando mi ropa con un vistazo rápido—. Bien. Profesional, pero sin parecer que vas a una boda.

En el camino, el tráfico se siente más ruidoso que de costumbre. Allison habla de temas prácticos —el contrato pendiente con el proveedor de vidrio, el envío de muestras—, pero yo solo retengo fragmentos. Mi cabeza rebota entre dos imágenes: el render del lobby y la silueta de Elena, que no he visto en tres años.

Al llegar a Horizon Group, el vestíbulo me recibe con ese olor a madera recién pulida mezclada con café de máquina automática. La luz entra en diagonales perfectas, como si alguien hubiera diseñado el momento exacto en que llegaríamos. Las paredes de piedra clara parecen querer absorber todo ruido, pero, aun así, percibo el eco sutil de pasos sobre el mármol.

El ascensor sube en silencio, salvo por el zumbido eléctrico y el leve roce del cable. Allison consulta su tablet mientras yo observo mi reflejo en el acero inoxidable: corbata recta, mirada que no sabe si es firme o nerviosa.

La sala de juntas está preparada: mesa larga de madera oscura, sillas ergonómicas alineadas con una precisión casi milimétrica, una pantalla grande encendida con el logo de Horizon. Cinco vasos de agua esperan frente a cada puesto, el cristal limpio refractando pequeños destellos de luz.

Me siento en mi lugar y, de inmediato, empiezo a contar mentalmente los segundos entre respiraciones para no dejar que mi pulso marque el ritmo. El murmullo de hojas de papel y el golpeteo de un bolígrafo contra la mesa llenan el aire…

Hasta que entra Elena.

El clic del tacón sobre el mármol suena distinto al resto, como si el aire supiera quién entra. Todos volteamos a verla.

No la había visto en tanto tiempo que mi memoria había suavizado algunos bordes. Ahora están de nuevo ahí: la manera en que recoge el cabello en un moño imperfecto, el gesto breve de acomodar el reloj en su muñeca antes de sentarse, la inclinación mínima de cabeza al saludar. Sigue tan bella como siempre, pienso, y ese pensamiento me golpea con la misma nitidez que la primera vez que la vi.

La observo un segundo más de lo prudente, como si necesitara confirmar que es real, y luego me obligo a volver al presente.

La reunión está a punto de empezar, y no puedo permitirme perder el hilo antes de decir la primera palabra.

—Matt —dice, con una sonrisa que es profesional pero no distante—. Qué gusto verte.

—Igualmente —respondo, cuidando que la voz suene estable.

La reunión empieza con formalidades. Uno de sus colegas —un hombre alto, gafas finas, un acento sureño marcado, de esos que alargan las vocales y suavizan las erres— abre la presentación de Horizon. Me concentro en las diapositivas, pero mi vista se fuga hacia el brillo del agua en los vasos, al reflejo del proyector sobre el barniz de la mesa, y a cómo Elena toma notas con letra inclinada a la derecha.

Elena toma la palabra. Su tono es sereno, pero cargado de la convicción que siempre la ha acompañado cuando habla de un proyecto en el que cree. Explica que Horizon puede aportar en dos frentes clave: por un lado, el soporte técnico para alcanzar certificaciones de sustentabilidad de alto nivel, integrando sistemas de captación de agua y control inteligente de energía; por otro, una capa más sensorial para el lobby, afinando la iluminación, el sonido y hasta el aroma del espacio para que la experiencia de bienvenida sea coherente y memorable.

Queremos trabajar con lo que ya está —dice—, no reemplazarlo. Lo que Matt ha diseñado ya tiene un lenguaje claro; nuestra labor sería pulirlo sin distorsionarlo.

Siento un leve nudo en el estómago, como si hubiera descrito mi casa sin pedir permiso. El bolígrafo entre mis dedos pierde peso, y por un segundo tengo que apoyarlo sobre la carpeta para no dejarlo caer.

Yo asiento, aunque por dentro siento que alguien ha abierto

una ventana en una habitación que creía cerrada. Horizon está entrando en la parte más personal de mi diseño: el agua, la vegetación, la calma. Y es Elena quien sostiene la llave.

Se ve tan perfecta como siempre: la postura recta, la precisión al elegir las palabras, la forma en que su mirada recorre la mesa para asegurarse de que todos estén con ella.

Vuelvo a las diapositivas y a la voz de uno de sus colegas que retoma la parte técnica. El mundo profesional exige que me mantenga ahí, pero parte de mí sigue mirando esa ventana abierta.

Cuando es mi turno, Allison me da una pequeña señal con la mirada. Abro mi carpeta y empiezo:

—Nuestra propuesta para el lobby se basa en dos elementos principales: agua y vegetación. No como adorno, sino como parte esencial de la experiencia…

Hablar me centra un poco. Explico cómo el sonido del agua ayuda a regular la acústica, cómo las plantas aportan frescura visual y mejoran la calidad del aire. El hombre de las gafas asiente. Elena me mira directamente cuando menciono la palabra «pertenencia» y eso me obliga a bajar la vista al plano para no perder el hilo.

—Es arriesgado, pero audaz —dice Elena cuando termino—. Creo que es lo que este proyecto necesita: un gesto claro que hable de hospitalidad y calma.

Asiento, no confiando demasiado en mi voz. Me aferro a esa palabra, audaz, y la coloco mentalmente en un estante.

Entonces llega la parte de las preguntas. Una colega de ella, más joven, con traje marino, pregunta por los costos adicionales de mantenimiento. Empiezo a responder, pero Allison interviene para precisar cifras y plazos. No es que no sepa responder, pero sentir su voz al lado me quita un poco del peso de las miradas.

La reunión avanza sin tropiezos. Tomamos acuerdos para una

segunda sesión, definimos tareas. Al levantarnos, Elena se acerca.

—Me alegra ver que sigues… —sus ojos se detienen en mí por un instante— construyendo cosas que importan —dice, y hay algo en su tono que no es nostalgia ni simple cortesía.

—Gracias —respondo, y me descubro sosteniendo su mirada un instante más de lo necesario antes de dar un paso atrás.

En el pasillo, mientras esperamos el ascensor, Allison me susurra:

—Estuviste bien. Presente.

No sé si lo dice para convencerme o para recordármelo. Tal vez ambas cosas.

El ascensor llega. Bajamos. Afuera, el aire me golpea con una claridad que agradezco. Camino hacia el coche con la sensación de que algo quedó en el aire, pero también con el alivio de haber atravesado un puente que me daba miedo cruzar.

La casa de Dave huele a pollo frito recién hecho y a pan de maíz tibio, ese aroma que se queda flotando en el aire como una invitación. Sarah abre la puerta antes de que toque el timbre, como si estuviera esperando justo ahí. Su abrazo llega sin previo aviso, tibio y completo, y me deja un segundo suspendido en un tipo de contacto que no practico a menudo. No me da tiempo de reaccionar; ya me está guiando suavemente hacia adentro.

—¡Matt! Qué gusto que vinieras —dice, y en sus ojos no hay formalidad de anfitriona, sino la alegría franca de quien de verdad se alegra de verte.

Desde el comedor, Dave levanta su copa de vino.

—¡Mira quién está aquí! —dice con esa voz que llena las esquinas—. Pasa, pasa.

Cruzo el umbral y el contraste con la sala de juntas de Horizon me golpea de inmediato: aquí el piso no refleja la luz, la absorbe; los sonidos no rebotan, se mezclan. Una televisión al fondo deja correr dibujos animados a volumen bajo. En la cocina, el aceite aún chisporrotea suavemente. Sobre la mesa hay crayones esparcidos por todos lados, una torre de bloques, dos vasos con popotes de colores y un libro abierto boca abajo, como si alguien lo hubiera dejado a mitad para atender una urgencia de ocho años.

Sarah me lleva hasta el comedor.

—Siéntate donde quieras, pero cuidado con los LEGO de Lucas.

—No son LEGO —corrige una voz pequeña desde abajo—. Es un automóvil que vuela.

Miro hacia el suelo y Lucas, de seis años, me enseña una estructura de LEGO con alerones improvisados y ruedas gigantes.

—Claramente —respondo, inclinándome—. Un automóvil volador. No cualquiera podría hacerlo.

En la cabecera, Emma, de ocho años, dibuja sobre una hoja arrugada. Sin levantar la vista, me extiende el papel: un dragón-perro de alas asimétricas y sonrisa enorme.

—Para ti —dice, y no suena como una invitación, sino como una decisión ya tomada.

Lo observo con cuidado. No tiene nada de simetría ni proporción... y, sin embargo, tiene algo que me deja quieto. Un «caos» que, sin saber por qué, se siente vivo.

—Es perfecto —digo, y no miento—. Se parece un poco a Toby, ¿no?

Emma sonríe, satisfecha.

—Sí, ¡pero con poderes!

La cena llega en grandes cantidades al centro de la mesa: pollo frito crujiente, puré de papa con gravy espeso, ensalada de col y pan de maíz dorado. Sarah sirve porciones generosas; Dave abre otra botella de vino. La conversación salta de un tema a otro, como si todos estuvieran bailando en una pista donde la música cambia sin previo aviso. Yo sigo el ritmo como puedo: asiento, sonrío, hago preguntas cortas. Entre bocados, cuento los crayones que quedan sobre la mesa, alineándolos mentalmente por tono, lo que me ayuda cuando el ruido me empieza a rodear.

Lucas me invita a ayudarlo a instalar «los propulsores» en su automóvil volador. Me levanto, y por unos minutos el mundo se reduce a encajar piezas de plástico y probar combinaciones improbables. Lucas se ríe de cada ocurrencia mía, como si no estuviera acostumbrado a que los adultos se involucren tanto. Emma se une, proponiendo que el dragón-perro pilote el vehículo. No discuto la lógica; solo sigo construyendo.

—Creo que estás en tu elemento —dice Dave desde la cocina, medio en broma, medio en serio.

Y tiene razon, aquí no pienso en si debería decir algo más, en si me muevo «como se debe» en una cena. Por momentos, me dejo llevar, como si estos dos pequeños hubieran encontrado un acceso directo a un lugar donde no necesito traducirme.

Después del postre —pay de nuez con una bola de helado de vainilla—, Dave levanta su copa.

—Por las visitas que valen la pena —dice, mirándome de forma que sé que no habla solo de esta noche.

Levanto la mía.

—Por los amigos que son familia.

El vino sabe más cálido en ese momento. La risa de Emma, el golpe de una pieza de lego que cae al suelo, el murmullo de Sarah en la cocina… todo se mezcla en una textura que no se parece a mi vida diaria, pero que se siente bien.

Cuando Sarah anuncia que es hora de dormir para los niños, Lucas y Emma protestan un poco, pero acaban subiendo las escaleras entre risas y pasos apresurados. Sarah los sigue, dejando a Dave y a mí recogiendo la mesa.

—Déjame ayudarte —digo, aunque ya tengo un plato en la mano antes de que me responda.

La cocina de Dave es más pequeña que la mía, pero está organizada con esa lógica funcional que yo siempre intento y rara vez consigo mantener. El agua caliente corre sobre los platos, el vapor sube en espirales lentos. Dave me pasa un trapo para secar, y yo empiezo a apilar vasos en silencio.

Durante unos minutos, lo único que se oye es el golpeteo de cubiertos contra la porcelana y el crujido suave de las servilletas arrugándose. El ruido de la cena se ha ido quedando atrás, como si la casa hubiera cerrado lentamente las puertas al bullicio.

—¿Entonces… cómo fue lo de Horizon? —pregunta Dave, sin mirarme, pero con esa entonación que me deja claro que quiere más que un «bien» como respuesta.

Seco un vaso con más cuidado del necesario.

—Salió… correcto. Sin problemas.

—Correcto —repite, casi como una broma—. Traducción: no hiciste nada mal, pero en tu cabeza ya encontraste diez cosas que podrías haber hecho mejor.

No me río. Dejo el vaso sobre la barra.

—Sí. Algo así.

—¿Y Elena? —pregunta, sin rodeos.

—Ahí está. —Me apoyo en la encimera.

Dejo que el silencio se estire por unos segundos, hasta que el nudo seco en mi garganta me obliga a hablar.

—La amé, Dave. Lo digo de golpe, como si la frase llevara años esperando la grieta para salir.

Las palabras salen más rápido de lo que esperaba y, en cuanto las escucho flotando en el aire, noto cómo la garganta se me cierra un instante. El calor me sube por el cuello, mientras mis manos, frías, siguen sosteniendo el trapo como si fuera lo único que me sostiene a la cocina. Siento un peso extraño en el pecho, como si hubiera soltado algo que llevaba guardado demasiado tiempo.

Dave se queda quieto, con el plato aún en la mano. Me mira, sin juicio, pero con esa seriedad que usa cuando algo importa.

—Nunca me habías dicho que amaste a alguien.

—No… —respondo—. Y supongo que es porque no había pasado antes. Con ella fue diferente. No era solo… querer estar, era sentir que de alguna forma podía. Que mi forma de ser no le espantaba. Y, aun así, lo arruiné.

Dave apoya una mano en mi hombro, como para traerme al presente.

—¿Tú lo arruinaste? —pregunta, levantando una ceja.

—En gran parte, sí. Me perdía en mi mundo, olvidaba cosas, le dejaba sola aunque estuviera al lado. Y ahora… verla, pero en una mesa de juntas, hablando de planos y certificaciones… es como escuchar tu canción favorita en otro idioma. Reconoces la música, pero hay algo que no puedes alcanzar.

Dave deja el plato, se apoya a mi lado.

—Matt, amar no es un proyecto que puedas medir con planos y plazos. No funciona así. Y no todo lo que termina está roto. A veces solo… cambió de forma.

No respondo. Él continúa:

—Lo que sí sé es que el hecho de que puedas decir "la amé" sin disfrazarlo, ya es diferente. Te lo digo porque he estado ahí. Y porque quizá la reunión de hoy no fue solo trabajo, sino una prueba de que puedes estar en el mismo espacio sin que se te venga abajo todo.

El silencio que sigue no pesa. Terminamos de secar los platos. Dave me sirve un poco más de vino. Por un momento, me siento más liviano, como si la cocina, el olor tenue del pan de maíz y el calor del agua hubieran lavado algo más que los restos de la cena.

Nos terminamos la copa despacio, sin prisa. Sarah baja unos minutos después, ya sin delantal, con el cabello recogido en un moño suelto. Nos cuenta, casi en un susurro, que los niños ya están dormidos, que Emma se quedó abrazada a su peluche favorito y Lucas con la mitad de su ciudad de legos todavía sin construir.

Hablamos un rato más de cosas sin importancia: una serie que no hemos visto, un restaurante nuevo que quizá nunca visitemos, el clima que parece empeñado en confundirnos. La conversación se mueve sola, como un péndulo que no necesita cuerda.

En la puerta, las despedidas se estiran con esa cadencia que solo ocurre cuando uno se siente cómodo. Sarah me abraza con calidez genuina; Dave me da una palmada en el hombro que suena más a «aquí estamos» que a adiós. La luz del porche baña la entrada en un tono suave, casi cinematográfico.

—Recuerda, Matt —dice Dave con su alegría de siempre—, aquí es tu casa. Siempre habrá un lugar para ti.

La frase se queda flotando mientras camino hacia el coche. No es una cortesía; lo sé por el tono, por la forma en que me la entrega, como quien te da una llave que puedes usar cuando quieras.

Llego a mi coche con una sensación extraña: como si hubiera estado en casa, como si, por unas horas, hubiera pertenecido a una familia que no es la mía, pero que me abrió un lugar en su mesa sin condiciones.

El trayecto de regreso es tranquilo, casi sin tráfico. Las luces de la ciudad parpadean como si fueran marcando un sendero, pero no me apresuro. Extrañamente, siento un cansancio distinto al habitual: no es solo mental, también lo siento en el cuerpo. Los hombros me pesan como si hubiera cargado algo invisible todo el día; los párpados caen más de lo normal, y en mis oídos persiste un zumbido suave, un eco residual de todas las voces, risas y ruidos que me acompañaron desde la mañana. Incluso manejar —algo que puedo hacer casi con los ojos cerrados— se siente más pesado, como si cada semáforo, cada cambio de carril, requiriera un esfuerzo consciente.

Cuando estaciono frente a la casa y abro la puerta, ahí está Toby, me recibe como siempre, sin importar la hora ni el cansancio que traiga. Sus ojos oscuros parecen leerme antes de que diga nada. Me agacho y paso la mano por su lomo; la suavidad de su pelo es un recordatorio físico de que aquí, en esta casa, hay algo que no cambia. Se acomoda a mi lado con esa precisión de quien sabe exactamente en dónde estar.

Su respiración es lenta, acompasada, y cada exhalación me baja un poco el ritmo. No me exige conversación ni explicaciones. Ha estado en todas mis versiones: la que ríe sin medida, la que se encierra en silencio, la que llega agotada, la que no quiere hablar con nadie. Nunca me pide que sea otra. No juzga mis ausencias ni mis regresos; simplemente está, y en ese estar hay una lealtad que no se puede aprender, solo se da.

No lo puedo poner en palabras, pero se siente como un sostén. Un «estoy aquí» que no se negocia. Me doy cuenta de que, aunque no pueda explicarle el día que tuve, él ya lo sabe. Lo percibe en mis hombros, en mi voz, en la forma en que dejo caer las llaves. Y, aun así, se queda.

Me dejo caer en el sofá. Él apoya la cabeza sobre mi pierna, y el mundo se reduce a eso: su peso, su calor y la certeza silenciosa de que, al menos aquí, pertenezco. Afuera, la ciudad sigue con su ritmo de siempre. Aquí dentro, el mundo se ha reducido a este momento.

Todo está en silencio. No hay música, ni televisión, ni el zumbido de la cafetera. Solo mi respiración y el golpeteo suave de las uñas de Toby contra el piso cuando camina por la casa, ya sea para tomar agua o para asegurarse de que ningún extraño pase por la puerta.

Cierro los ojos y dejo que el día pase frente a mí, como una película que no necesito pausar. Veo la reunión de la mañana: las palabras que elegí, las que dejé en el aire; la mirada de Elena, tan directa que me obligaba a bajar la vista; la intervención oportuna de Allison cuando mi discurso empezó a tropezar. Luego la cena: las risas desordenadas de Lucas, el dibujo caótico y perfecto de Emma, la calidez que Dave y Sarah me regalaron sin condiciones.

Todo vuelve, pero no con la velocidad de un análisis, sino con la cadencia de algo que solo quiere quedarse ahí, ocupando su lugar. No busco explicaciones ni balances.

Podría tomar la libreta y escribirlo todo, diseccionarlo, buscar patrones, asignar culpas o aciertos… pero hoy no. Hoy no hay puertas que abrir dentro de mi cabeza. Hoy decido no analizar.

Me digo, casi en un susurro, que estuve presente. Que fui, que hablé, que escuché. No sé si todo salió bien: —¿poco en la reunión?, ¿demasiado con Dave?—, pero quiero confiar en que fue suficiente.

Me levanto, me lavo la cara y programo mis alarmas: la de siempre, la de emergencia, la de estar. Toby me sigue hasta la habitación y se acurruca a mis pies, encajando su cuerpo como si supiera que ese es el lugar que le corresponde.

Apago la luz. El silencio me envuelve; no siento necesidad de llenarlo de nada.

Me duermo con una certeza modesta, casi frágil: a veces, simplemente estar, es el verdadero triunfo.

Humberto M. Sotomayor

6 Líneas de Fuga

> *«Si te abruma algo externo,*
> *el dolor no se debe a la cosa misma,*
> *sino a tu juicio sobre ella.*
> *Y está en tu poder borrarlo ahora.»*
> — **Marco Aurelio, Meditaciones**

Cierro la puerta de mi oficina con más fuerza de la necesaria. El golpe rebota en las paredes y se asienta en el vidrio. Un tambor que tarda en callar. No me calma. Me dejo caer en la silla con la gravedad de un enojo que pesa más que el cansancio. El bolígrafo gira entre mis dedos, tropieza con el pulgar, resbala, cruje el plástico. Podría romperlo; lo detengo en el último segundo, como si salvar un objeto mínimo me hiciera creer que aún tengo control sobre algo.

Respiro. Cuento: uno, dos, tres, cuatro. Suelto el aire lento. El zumbido del aire acondicionado es una línea continua que corta el silencio en dos mitades exactas. En la pantalla el modelo de Vita-Plaza sigue abierto: un plano general que muestra los corredores a cielo abierto, los patios escalonados, los pliegues de sombra. Los muros verdes trepan como una respiración, los espejos de agua son ojos tranquilos que no parpadean. Las velarias —esas alas discretas— no gritan su presencia; están escondidas detrás de la vegetación, listas para desplegarse cuando el cielo de Texas decide su humor impredecible.

«Simplifiquen.» La palabra cae otra vez, limpia, bancaria, como una moneda que alguien lanza para decidir sin mirar. La pronunció Carver sin despeinar su traje gris, tamborileando los dedos sobre la mesa de juntas de Frisco. «Menos jardines, menos agua, menos velarias. Es un mall, no un parque.» Lo dijo como quien recita una verdad del tamaño de un manual contable. Afuera, detrás de los ventanales, el norte del metroplex avanzaba a su ritmo de grúas y calles recién trazadas; adentro, Excel ocupaba más sillones que las ideas.

Relajo la mandíbula. Noto que la tenía apretada desde la reunión. Otra vez: uno, dos, tres, cuatro. No funciona. Vuelvo a contar. Me sorprende el tono de mi propia voz cuando vuelve en mi memoria: medido, profesional, casi correcto. Qué palabra tan peligrosa, «correcto». Una sala sin ecos. Sin música.

VitaPlaza no es un mall. No lo pienso ni para pronunciarlo. Es —si me dejo decirlo como lo siento— una plaza a cielo abierto que hace puente entre gente distinta: niños con paletas chorreando, abuelos que buscan sombra y conversación, adolescentes que no quieren comprar nada pero necesitan un lugar para pertenecer sin pedir permiso, parejas que caminan lento sin destino, trabajadores que paran el reloj con un café y un banco cómodo. Es un respiro que el norte de Dallas lleva tiempo pidiendo sin saberlo. Es el tipo de lugar que desencadena un lenguaje alrededor: negocios pequeños que nacen, música en vivo los viernes, un mercado efímero los sábados, una comunidad que se reconoce por habitar un mismo gesto de ciudad. Si lo construimos bien, Frisco no solo crece en metros; crece en tono.

Lo vuelvo a ver: los jardines verticales amortiguando el calor de agosto, blanqueando el ruido del highway, filtrando el aire para que el olor a comida —barbacoa, café tostado, pan horneándose— tenga espacio. El agua, no como lujo, sino como regulador de temperatura, como lenguaje común: la lámina que corre pegada a un muro y canta apenas, la alberca baja donde los niños meten los dedos, la bruma ligera que refresca el aire cuando el sol cae en vertical. Las velarias: no esa lona que cubre todo y mata la luz, sino velas tensadas entre estructuras que juegan con el viento, que dejan pasar el cielo, que alivian el golpe de una tormenta sin empujar a nadie hacia adentro. Sombras vivas, no techos.

Me pasa otra vez Carver por la cabeza, su voz creando una cadencia que no puedo olvidar: «value engineering». Dijo esas dos palabras como quien anuncia que va a ahorrar el alma. Las pronunció varias veces, cada una más segura que la anterior. «Quiten lo superfluo.» Su dedo sobre la mesa marcó un ritmo constante, implacable, como un metrónomo puesto en sesenta. El resto de su equipo asentía; alguien deslizaba una hoja de cálculo con porcentajes que pretendían contarlo todo. Yo traté de explicar, con ese tono de arquitecto que pide audiencia sin pretenderlo, que los jardines no son «decoración» sino piel; que el agua es acústica y clima; que las velarias son estructura emocional y refugio. Hablé de pertenencia. Eso lo descolocó un segundo. Luego volvió al número.

Apoyo los codos sobre la mesa. La madera se siente fría. Me aferro a ese frío. Miro el render y, por un momento, me permito habitarlo como si ya existiera: verano, tres de la tarde, el pavimento más caliente allá afuera; aquí, bajo las sombras, el aire baja dos grados y la luz se vuelve amable. Puedo oír al fondo una banda local probando sonido. Un niño corre; su risa atraviesa las columnas de sombra y agua. Una mujer mayor se sienta con su nieta; comparten una botella de agua, la niña mete la mano en la fuente y la sacude sobre el sol, creando un arco mínimo que solo ellas celebran. Dos adolescentes con patinetas hacen un tramo recto, frenan al llegar a un espejo de agua, se quedan mirando su reflejo y, sin planearlo, se toman una foto. Un hombre vestido con ropa de trabajo escucha sentencias al teléfono, cuelga, exhala y se queda mirando cómo trepa la luz por una pared verde. Eso es lo que estamos dibujando, pienso. No una caja para vender. Un centro de reunión que nos devuelva, con delicadeza, el deseo de estar.

Y entonces, como suele pasar, el presente se abre para dar paso a un eco viejo.

Amarillo, «High School». El señor Collins frente a mi dibujo caótico, líneas que para mí eran un universo entero.

—Simplifica, Matt. Hazlo entendible. Lo demás es ruido.

El aula huele a multitud y a polvo de tiza. Afuera, el viento de «Panhandle» empuja las nubes contra un cielo impaciente. En mi hoja hay líneas que suben y bajan, escaleras que no llevan a puertas y puertas que se abren a patios inclinados; hay sombras rojas como si la tarde estuviera perpetua; hay un puente suspendido sobre nada que me recuerda a un sueño.

Para mí, todo tiene un orden. Un orden que no sé explicar sin arruinarlo. Collins se acerca, toma el dibujo por un borde con dos dedos, como quien agarra algo que no quiere mancharse.

—Nadie entiende esto —dice sin mirar al resto—. Menos es más.

Se oyen dos risas bajas al fondo. Una silla se arrastra. Siento las mejillas calientes, el lápiz como un clavo en la mano.

Miro mis líneas; todavía las quiero. Pienso decir algo: que «menos es más» es una frase que sirve para quien ya tiene todo, que a mí «menos» a veces me deja mudo. No digo nada.

Collins da una palmada que pretende ser pedagógica.

—Simplifica —repite, y coloca mi hoja sobre la mesa con ese gesto tibio que duele más que un regaño.

Romper un lápiz es fácil. Basta con apretarlo justo en el centro y torcer. Lo supe ese día.

El grafito se partió en una diagonal, la madera dejó una astilla. Nadie lo notó.

Ahí, en ese gesto mínimo, se instaló una herida que todavía sangra cuando alguien pronuncia «simplifiquen» como si fuera un mandamiento.

La escena siguiente la veo desde afuera, como si mis ojos fueran de otro: yo en mi cuarto esa tarde, cerrando la puerta sin hacer ruido.

Mi madre me llama para cenar; le digo que no tengo hambre, que luego bajo. En el escritorio, el dibujo. Lo doblo una vez, dos, tres. Cada pliegue es un acto de traición. El papel cruje.

Lo rompo. Los pedazos quedan como pájaros muertos sobre la madera. Quisiera meterlos de regreso en una sola forma. No puedo.

Los recojo, los guardo en una caja de zapatos que coloco debajo de la cama, como si ocultarlos ahí los preservara de algo.

Me quedo mirando el techo. Afuera pasa un tren. El silbato corta la noche. En el ruido largo de ese tren prometo lo que todavía hoy sostengo: no volver a renunciar a mis líneas para que otros duerman tranquilos.

Vuelo de regreso a la silla de mi oficina. Me tiemblan un poco los dedos. Toco el borde del monitor. Repito, casi sin voz, para mí: VitaPlaza no nació de una ocurrencia caprichosa. Nació de mirar esta ciudad crecer como crece una planta con nudos, a tirones, buscando luz. Nació de saber que el norte del metroplex no necesita otra caja con climatización perfecta y pasillos sin ventanas, sino un gesto que acepte el cielo como techo y lo eduque sin domarlo. Nació de tantas visitas a Frisco donde vi a familias empujando carreolas por banquetas sin sombra, a adolescentes refugiándose en el aire acondicionado de una tienda porque no había banco, a gente que quiere estar junta pero no encuentra dónde. Nació de la convicción —quizás romántica, quizás práctica— de que el comercio va a ir mejor cuando el lugar tenga alma. No al revés.

Me enderezo. Hago zoom al plano. Encuentro el corredor central, la línea de árboles, el juego entre plataforma de agua y escalones. Ahí está el trazo del que no debo moverme: el corazón. Lo demás podrá ajustarse: la sección de algún muro, un tipo de especie vegetal que resista mejor la helada tardía, la longitud de una vela, el diámetro de un ducto. Eso se negocia. El gesto no.

Me pregunto —por no engañarme— si hay una versión de «simplificar» que no duela. A lo mejor sí: cuando significa depurar sin vaciar. Cuando una línea menos deja ver la intención más clara. Pero lo que Carver pidió no fue depurar. Fue quitar el alma y luego pedirnos que sonriéramos. «Es un mall, no un parque.» Me sale una risa sin sonido. A veces me pregunto por qué les cuesta tanto a algunos entender que las personas compran mejor cuando primero se sienten personas.

Me recargo contra el respaldo. La silla se queja con un chirrido breve. A través del vidrio veo a Allison hablar con Samuel en su escritorio; Samuel sostiene un café con las dos manos, como si así se animara a sí mismo. Debería llamarlos, cerrar la puerta otra vez, decirles que vamos a rehacer lo que se necesite sin traicionar nuestros ideales. Pero antes necesito sacarme de encima la rabia para que no se convierta en argumento.

No quiero entrar a la guerra con una espada hecha de adolescencia. Quiero entrar con razones y con el cuerpo alineado.

Apoyo los dedos en el borde de la mesa y los dejo ahí. Pienso en el señor Collins y me gustaría invitarlo ahora a caminar por una

VitaPlaza edificada: escoltarlo bajo las velarias en un día de sol que fatiga, sentarlo junto a un espejo de agua al atardecer, dejar que oiga cómo se deshace el ruido a tres metros, mostrarle a un niño que corre y se detiene para tocar una bruma casi invisible. Decirle: «esto también es entendible». Sin Triunfos. Tal vez lo sería. Tal vez no. Da lo mismo. No hago esto para Collins. Lo hago —intento recordarlo cuando me siento frustrado— para esa gente que todavía no conozco: para la señora que llegará con un libro que nadie más quiere leer, para el adolescente que odia los sábados porque no sabe dónde poner las manos, para los que trabajan en tienda doce horas y necesitan un banco con sombra de verdad para comer sentados sin comerse el sol.

Vuelvo al modelo. Imagino un enero de invierno: las velarias tensas como velas de barco, el agua más quieta, un aliento frío en el aire. Imagino un mayo con primeros calores, bruma encendida, sombra moviéndose como reloj sin números. Imagino noches con luces bajas y músicos locales; vendedores pequeños con carritos que huelen a algodón de azúcar y a tacos; una pareja discutiendo bajito y reconciliándose sin darse cuenta porque un niño, de repente, se ríe muy fuerte en la fuente. Imagino a un equipo de fútbol juvenil cruzando por el corredor con uniformes enlodados, directos a la heladería. Imagino que un lugar así da permiso de quedarse. Y quedarse, en ciudades que crecen como esta, es un lujo que necesitamos.

Pienso en Carver. No es mi enemigo. Es alguien que ve números que yo no estoy viendo hoy. Pero tiene un defecto que ya conozco: cree que lo vivo es superfluo y complicado. Mi trabajo, en parte, es recordarle que lo vivo paga la renta. Que la sombra de una velaria en agosto no solo es alivio, es la diferencia entre un aire acondicionado trabajando a deshoras y un espacio abierto que se mantiene fresco por sí mismo. Que el sonido del agua atrae gente porque calma cuerpos, y un cuerpo calmado se queda más tiempo. Que un muro de plantas no es «verde» para fotografiar; es un mecanismo de respiración de un sitio, la garantía de que el lugar será habitable, no solo transitable.

Me levanto. Camino hasta el pizarrón de vidrio. Con un plumón trazo palabras sueltas que, para cualquiera, parecerán cosas al aire: «corazón», «espacio vivo», «calor de verano», «espacio para relajar», «ruidos de convivencia», «pertenencia», «sombra oculta», «no caja de dinero», «Frisco nuevos espacios». Son palabras clave para mí, para entender y recordar. Regreso al escritorio.

Abro un correo nuevo. Escribo en el asunto: «VitaPlaza — Esencia no negociable / Ajustes posibles». Debajo, en el cuerpo del correo que todavía no envío, anoto para Allison y Samuel:

Vamos a encontrar la manera de ajustar costos sin tocar lo que hace único a VitaPlaza. Lo esencial no se negocia: los muros verdes estructurales, el agua como corazón del espacio, la sombra que protege sin imponerse.

Propongo revisar juntos:

Velarias: explorar rutas y soportes alternativos para reducir acero, sin perder sombra crítica.

Espejos de agua: mantener la pieza principal, pero hacer que el diseño rinda más. Quizá jugar con geometrías o perímetros más sinuosos, como un «fairway» de golf, que ocupen el mismo espacio visual sin requerir tanto volumen de agua.

Jardineras y muros verdes: buscar duplicidades o zonas donde podemos reducir elementos secundarios, pero sin sacrificar los muros que dan vida y respiración al proyecto.

Yo aportaré argumentos de microclima y acústica (ahorro energético, regulación térmica, impacto en experiencia de usuario). Necesito de ustedes la misma precisión: Allison, en cómo comunicarlo al cliente y sostener nuestra narrativa; Samuel, en cálculos y eficiencias técnicas que respalden cada ajuste.

La esencia no se toca. Pero sí podemos encontrar el modo de demostrar que lo vivo no es lujo, es inversión inteligente y VitaPlaza tiene que ser prueba de ello.

Matt.

No lo mando. Aún no. Me levanto y me asomo por la ventana. En la calle, el viento mueve una hoja de periódico que alguien dejó olvidada. La hoja baila, gira, se apoya en una rueda, se despega, llega a la esquina y desaparece. Esas rutas por donde la energía se escapa cuando alguien intenta encerrarla. Si Carver quiere muros, yo quiero fugas. Si él quiere cajas, yo quiero plazas. Esa es la batalla.

Me siento de nuevo. Cierro los ojos un momento. Inventario de sensaciones: la mandíbula ya no aprieta, los hombros bajaron un centímetro, la respiración se instala en un ritmo más amable. Sigo molesto, sí. Pero debajo del enojo hay algo más firme: una certeza que aprendí en mi juventud y que hoy se escribe con otras letras. La repito para mí, despacio, como quien reza sin religión: no voy a «simplificar» lo que respira. Si hay que depurar, depuramos. Si hay que ajustar, ajustamos. Si hay que defender, defendemos.

Abro los ojos. Toco la tecla de enviar. En la pantalla, VitaPlaza continúa siendo un dibujo. En mi cabeza, ya está llena de gente.

Samuel ya está en la sala de proyectos cuando entro. El reloj marca apenas las 9:40, pero parece que lleva horas frente a la pantalla. Tiene abierto un modelo energético en 3D, lleno de flechas que se mueven como corrientes invisibles, azules y naranjas, como si la computadora respirara a través de ellas. No necesito preguntar: sé que pasó la noche buscando números que respalden lo que yo llamo intuición.

—Mira esto —dice sin girar la vista, señalando con el lápiz óptico—. Los muros verdes reducen entre un quince y un veinte por ciento la temperatura promedio en el corredor central. Menos calor acumulado significa menos aire acondicionado en los locales. Eso, traducido a facturas, son miles de dólares al año.

Lo escucho en silencio. A veces me sorprende lo mucho que necesito frases así: no poesía, no metáforas, sino porcentajes que sobreviven en una hoja de cálculo. Samuel tiene esa habilidad: traducir mi caos en cifras que no pierden su fuerza. Lo que para mí es piel y sombra, para él es kilowatts y dólares. Y, de pronto, lo vivo deja de parecer un lujo.

Allison entra como siempre, sin anunciarse. Trae dos tazas de café y deja una frente a mí sin siquiera mirarme, como si supiera la exactitud del gesto. Se acomoda en la mesa y abre su laptop; sus dedos vuelan como si ya tuvieran escrito un discurso invisible.

—Escuchen esto —dice, sin levantar la vista—: «Cada dólar invertido en confort climático genera tres en permanencia. La gente compra más cuando se queda más tiempo. Y la gente se queda más tiempo cuando el lugar les pertenece». —Hace una pausa, bebe un sorbo—. No es un gasto, es una inversión en permanencia. Así lo vamos a decir.

Asiento despacio. Me doy cuenta de que esa palabra —«pertenencia»— ya se instaló como núcleo en mi cabeza, pero ahora suena con traje y corbata. Allison sabe envolver las mismas palabras con un brillo distinto. Si yo digo «el agua calma cuerpos», puede sonar romántico. Si ella dice «el agua aumenta la permanencia», se convierte en un argumento vendible. La necesitamos a las dos.

Tomo un papel mantequilla y empiezo a trazar con lápiz sobre el plano impreso: un círculo en el centro que representa el espejo de agua principal; líneas quebradas que son sombras proyectadas; rectángulos irregulares para los muros verdes.

—El corazón no se toca —digo en voz baja, casi para mí. Luego, más firme—: Lo que podemos hacer es rodear ese corazón con ajustes inteligentes.

Escribo al margen: Velarias: rutas y soportes alternativos.

—Podemos estudiar tensiones diferentes —añade Samuel—. Tal vez con un rediseño estructural ahorremos un diez por ciento de acero.

Asiento, pero levanto la mano, cruzando los dedos índice y medio, como si quisiera atrapar una idea en el aire antes de que se me escape.

—Y no olvidemos esto: no necesitamos cubrir el cien por ciento del área con lona para dar sombra. Eso nunca fue el objetivo. —Hago una pausa, miro el plano con los dedos sobre el vidrio—. Lo que sí cubrimos es el cien por ciento de lluvia. Si cae tormenta, nadie se moja. Esa es la diferencia: aquí el cielo sigue abierto, pero el agua no interrumpe la vida de la plaza.

Samuel asiente, ajustando la pantalla.

—Exacto. Es un diseño permeable a la luz, pero impermeable a lo que de verdad incomoda. Lo escribo así en los cálculos.

Allison lo traduce de inmediato en palabras:

—«Un techo invisible que protege sin encerrar.» Eso lo va a entender hasta Carver.

Ahora anoto: Espejos de agua: mismo espacio visual, menor volumen real.

—Pienso en geometrías más sinuosas —digo—. Como un fairway de golf: parece más extenso, pero en realidad requiere menos agua.

Samuel sonríe.

—Eso puedo modelarlo en un simulador hídrico.

Escribo: Jardineras: quitar duplicados, mantener muros clave.

Allison levanta la vista.

—Yo lo plantearía así: «Optimizamos sin perder esencia». Si lo decimos de frente, Carver no lo leerá como obstinación, sino como profesionalismo.

Me recuesto en la silla un segundo. Observo cómo los dos se inclinan sobre la mesa: Samuel haciendo cálculos en los márgenes, Allison afinando frases en la pantalla. Y me doy cuenta de algo: no estoy solo. El peso que traje de Frisco se diluye aquí, porque entre los tres tejemos un discurso con alma y números, con emoción y precisión.

—Lo vivo no es lujo —murmuro—. Es inversión inteligente.

Allison levanta los ojos del teclado y me mira como quien reconoce un título.

—Eso lo voy a poner en la primera lámina.

Samuel no dice nada, pero su lápiz sigue marcando porcentajes al costado de mi dibujo. Esa es su forma de asentir.

Trabajamos casi dos horas sin levantar la cabeza. La mesa queda cubierta de hojas con garabatos míos, tablas de eficiencia de Samuel y frases subrayadas de Allison. Podría parecer un caos, pero en realidad es una sinfonía de lenguajes que se encuentran.

En un momento, Allison deja su laptop a un lado y me observa fijamente.

—Matt, lo de Carver no es personal. Lo que quiere es estar seguro de que cada dólar que gasta regresa multiplicado. Y ese miedo es el que tenemos que convertir en confianza. Él tiene que entender que nos contrataron por autenticidad. Y autenticidad podrá ser costosa, pero es rentable.

—¿Y si no escucha? —pregunto.

—Entonces escucha al Excel. Y ahí Samuel lo tiene cubierto.

Samuel sonríe con esa timidez que casi nunca se atreve a salir.

—Tengo modelos de consumo energético comparativos. Si los muros verdes desaparecen, el gasto en climatización se dispara en un veinte por ciento. Eso es incuestionable.

Lo miro. Él baja la vista, como siempre, pero siento gratitud. No por los cálculos en sí, sino porque alguien se tomó el trabajo de blindar mi visión con ciencia.

—Está bien —digo, respirando profundo—. No cedemos fondo. Solo ajustamos forma.

Allison cierra la laptop con un golpe suave.

—Esa es la narrativa. Y con narrativa, Matt, hasta Carver puede cambiar de opinión.

Me quedo viendo el pizarrón. Ahí siguen mis palabras dispersas de la mañana: corazón, sombra, pertenencia. Ya no parecen gritos solitarios. Ahora son parte de un plan.

Nos levantamos casi al mismo tiempo. Samuel junta las hojas, Allison recoge las tazas vacías. Yo me acerco otra vez al render, ahora con menos rabia y más claridad. VitaPlaza sigue siendo lo que soñamos. Quizá con menos acero, quizá con agua que rinda mejor, pero intacto en lo que importa.

Al salir de la sala, Allison me palmea el brazo.

—Respira. Esta vez no vamos a la guerra solos. Lo vamos a lograr.

Y lo creo. Por primera vez en días, lo creo.

El camino hacia Frisco es largo y plano, como si la carretera quisiera darme tiempo para ordenar el ruido de la cabeza. Manejo yo, Allison en el asiento del copiloto repasando notas en la tablet, Samuel atrás, hojeando planos que seguro ya conoce de memoria. No hablamos demasiado. El silencio se llena con el aire acondicionado del coche y el golpeteo rítmico de los dedos de Allison sobre la pantalla. Me aferro al volante con más fuerza de la necesaria. Cada tanto, Samuel carraspea como quien se prepara para un examen.

El sol de media mañana cae a plomo, sin tregua. El aire vibra, denso, como si se pudiera cortar con un cuchillo sin filo. Cada rayo cae como hierro incandescente que se posa sobre la piel y la rostiza lento, sin compasión. A lo lejos, las máquinas aplanan la tierra: brazos mecánicos que suben y bajan con un ritmo casi animal, mordiendo el terreno hasta domesticarlo en polvo y grava. El ruido metálico se mezcla con el chirrido de los motores de diésel y el golpe seco de la tierra cediendo. Aquí, en este páramo que todavía huele a barro caliente y combustible, alguien espera que construyamos un futuro.

Bajo un poco la ventanilla, pero lo único que entra es un aire seco, cargado de polvo, que quema más que refresca. Pienso, casi en voz alta: no quiero una plaza en donde la gente sienta esto, este calor infernal que obliga a correr de un aire acondicionado al otro, como si la ciudad solo pudiera vivirse en interiores.

No. VitaPlaza será otra cosa. El contraste se me clava en la cabeza: hoy, este terreno árido que arde; mañana, si lo defendemos, un corazón de sombra y agua que haga que Frisco se sienta un lugar distinto.

Allison y Samuel me observan desde el asiento trasero mientras estaciono frente a los tráileres de obra, esas oficinas prefabricadas que suelen parecer cajas impersonales, pero que aquí —en medio del polvo— se elevan como si fueran la primera promesa de lo que está por venir.

La oficina de obra es un tráiler blanco, pero Carver se ha encargado de disfrazarlo. Paneles de madera chapada recubren las paredes, olor a alfombra nueva, frío demasiado artificial del aire acondicionado, una mesa de juntas recién salida de catálogo. No es un cubículo improvisado, parece un edificio real, como si hasta en lo temporal necesitara imponer respeto. Ironía: hablamos de autenticidad en un lugar que simula ser lo que no es.

Nos sentamos. Se escucha el eco de la tierra moviéndose afuera. Carver abre la reunión con su traje gris impecable, un reloj brillante que atrapa la luz artificial del tráiler. No sonríe. Tampoco pierde tiempo.

—Recuerden, tenemos que ahorrar —dice, como si la palabra fuera un salvavidas que todos deberíamos abrazar.

Su dedo tamborilea contra la mesa en un compás constante. Frente a él, una hoja de Excel llena de cifras. Columnas verdes, rojas, porcentajes que no dejan hueco para pájaros ni sombras.

Yo lo observo sin interrumpir. Pienso en lo fácil que es para él reducir un espacio vivo a casillas con bordes negros. Samuel, sin esperar mi gesto, toma la palabra.

—Los muros verdes reducen la temperatura del corredor central entre un quince y un veinte por ciento. Eso significa menos aire acondicionado en cada local, menos gasto en facturas, más rentabilidad a largo plazo. —Pasa las hojas con la calma de quien sabe que la ciencia sostiene lo que dice.

Carver se inclina hacia delante.

—Pero esos muros cuestan una fortuna inicial.

Allison lo interrumpe, suave pero firme.

—Es una inversión, no un gasto. Piense en esto: un centro comercial cerrado necesita un sistema central gigantesco para climatizar cada pasillo, además del aire acondicionado individual de cada tienda. Eso son millones anuales en facturas de electricidad. Con nuestro diseño, la plaza se refresca sola. Los muros verdes regulan la temperatura. Los espejos de agua ayudan a enfriar el aire. Las velarias quitan el golpe directo del sol. Sus clientes no sentirán este calor que sentimos al cruzar este terreno. —Hace una pausa, lo mira directo a los ojos—. No es un lujo, es ingeniería natural. Y lo natural, bien diseñado, paga la renta.

Deja la frase en el aire como quien deja caer una piedra en un estanque. El silencio se abre en círculos. Samuel asiente apenas, ajustando con el dedo una tabla de consumo energético: kilowatts, dólares, porcentajes. La ciencia respalda lo que para mí siempre fue intuición: aquí, lo vivo no solo decora, también ahorra.

Sigo en silencio un instante, dejando que sus voces construyan el puente. Paso la mano por el borde de la mesa, siento la veta fría de la madera bajo mis dedos. Luego me enderezo en la silla, apoyo las palmas sobre la superficie, miro a Carver directo, sin parpadear y hablo.

—Nos contrataron por espacios vivos. Si querían una caja de

concreto, no era a nosotros a quienes debían llamar. —Mi voz sale más serena de lo que siento. No tiembla. No grita. Es solo una línea recta puesta sobre la mesa.

Carver se queda quieto, su dedo deja de marcar el compás. Hay un silencio breve que pesa más que cualquier discusión. Afuera, se oye el chirrido de una retroexcavadora. Aquí dentro, la respiración de todos parece esperar.

El sol afuera seguía ardiendo, pero aquí el calor es otro: el de las horas que se estiran en una mesa donde nadie quiere ceder. Carver no vino solo; trajo a dos asesores que parecían diseñados para mirar hojas de cálculo hasta que sangraran. Hablaron de márgenes, de CAPEX, de ROI; siglas que repetían como si fueran mantras.

Samuel respondía con números propios, cifras que no inventaba: kilowatts ahorrados, miles de dólares menos en facturas de energía, grados de temperatura reducidos. Cada frase suya era un ladrillo firme que sostenía mis intuiciones. Allison lo envolvía en discurso, transformaba cifras en imágenes: más tiempo de permanencia, más consumo, más fidelidad del cliente. Yo los escuchaba hablar y, a ratos, sentía que mi trabajo era solo mantenerme de pie, no dejar que Carver confundiera austeridad con ausencia.

No fue fácil.

Hubo momentos en que pensé que íbamos a perder la mitad de lo que hacía vivo al proyecto.

Carver tamborileaba los dedos, insistía en que ahorrar era inevitable, que los «detalles» se comían el presupuesto. Yo lo miraba sin parpadear, recordando mis dibujos rotos en Amarillo, esa palabra clavándose como astilla: «simplifiquen».

Hubo silencios largos, hojas que se intercambiaban con la velocidad del viento, miradas que buscaban grietas. Pasaron horas así, entre argumentos cruzados, diagramas sobre diagramas, voces que se levantaban apenas lo necesario para hacerse oír sin convertirse en gritos. Afuera, las máquinas seguían trabajando. Adentro, nosotros tratábamos de salvar lo esencial de un sueño.

—Bien —dice Carver al fin, acomodándose en la silla—. Mantendremos los muros principales, el espejo de agua central y las velarias estratégicas. Pero necesito que optimicen los secundarios: menos volumen de agua, menos duplicaciones de jardineras, estructuras más eficientes.

Asiento despacio. No es una victoria total, pero tampoco es una derrota. Hemos salvado el corazón. Los jardines que respiran, el agua que calma, la sombra que protege sin encerrar. Lo demás se ajusta.

La reunión se cierra con firmas rápidas, acuerdos anotados en actas. Carver guarda su Excel. Samuel recoge sus planos con manos que ya buscan la calculadora. Allison me lanza una mirada breve, como quien recuerda en silencio: «No estás solo, somos un equipo».

Cuando salimos del tráiler, el sol nos recibe como un golpe en la cara. El terreno sigue vibrando con las máquinas. Yo me detengo un instante en el polvo, dejo que la luz me queme la piel y pienso que este es el verdadero escenario del proyecto: no un Excel en un tráiler, sino el calor, el viento, la vida que algún día va a caminar por aquí. No quiero que nadie sienta en VitaPlaza este calor que expulsa. Quiero que, al llegar, el aire cambie, que el lugar los abrace sin que tengan que correr a esconderse en un local. Esto fue lo que hoy defendimos.

Allison y Samuel querían festejar. Propusieron una cena rápida, un brindis en cualquier sitio, pero les pedí que me dieran el espacio de celebrarlo solo. No hubo reproches; no los hubo nunca. Asintieron de inmediato, como si entendieran que, para mí, el silencio también es una forma de celebración.

Así que terminé aquí, en mi refugio de siempre. El contraste con Frisco es brutal: allá, el polvo y el sol que parecía querer arrancar la piel; aquí, la penumbra dorada de lámparas bajas, la música de jazz suave que apenas roza el aire, la calma de un lugar que conozco de memoria.

James, desde la barra, me reconoce al instante. Sin preguntar, me sirve mi vino: un tinto amplio, oscuro, que ya es casi parte del ritual.

Me acomodo en mi asiento de siempre, al extremo derecho, con la pared detrás y el salón completo frente a mí. Desde aquí veo todo sin ser visto. La mesa se enciende en un pequeño círculo de luz, como si ese halo íntimo existiera solo para contener mi propio cansancio. Esta vez no vine solo: traje conmigo la libreta. La coloco a un lado, cerrada, como si me acompañara en silencio hasta que decida abrirla. Hoy quiero escribir fuera de casa, probar cómo suena mi voz en otro lugar.

El corte llega puntual: un bone-in New York término medio, sellado con exactitud. El primer bocado no es solo alimento: es una certeza. La carne jugosa y suave, el aroma ahumado, las especias, el contraste con el vino. Todo lo demás —Carver, sus asesores, las tablas de Excel, los tamborileos de su dedo contra la mesa— parece alejarse, disolverse en un segundo plano. Como pocas veces, me permito comer despacio, disfrutando cada detalle, cada sorbo de vino, como si la calma también pudiera servirse en el plato.

Bebo el último sorbo, lo dejo a un lado. Paso la servilleta por mis labios. Levanto apenas la copa vacía hacia James, y él, que ya conoce mis silencios, asiente desde la barra. En segundos, vuelve a llenarla, y ese gesto mínimo me acomoda por dentro. Ahora sí estoy listo. Solo entonces acerco la libreta.

La dejo abierta un instante sobre la barra, como si necesitara que respire conmigo antes de llenarse. Paso los dedos por el lomo, siento el peso de todas las páginas anteriores, los días en que escribir era desahogo y a veces castigo. Esta noche no hay castigo. Esta noche solo hay espacio.

Escribo despacio, con la tinta negra fluyendo firme:

«El caos no se simplifica; se habita.»

Me detengo. Observo la frase en el papel como quien contempla una herida ya cicatrizada. Y pienso, de golpe, en Elena. Nunca conoció este rincón.

Nunca compartí con ella este refugio mío. Si algún día vuelvo a tener la oportunidad de estar con alguien, me prometo no volver a esconder estos lugares. Me prometo compartir cada rincón que me sostiene, cada espacio que me salva. Lo pienso apenas un segundo y lo dejo ir.

Levanto la vista: el salón murmura en tonos bajos, cubiertos que chocan apenas, vasos que tintinean suavemente. Nadie me mira, nadie espera nada de mí. Y en ese murmullo siento algo parecido a pertenecer.

Cierro la libreta con calma. Apoyo la palma sobre la tapa, como si sellara un pacto íntimo. Sonrío, apenas. Esta vez no traicioné mi visión. Esta vez defendí lo vivo. Y aunque el mundo allá afuera siga hecho de cifras y concesiones, aquí, en este rincón de luz dorada, me permito saborear la certeza frágil de una pequeña victoria.

No gané todo. Pero defendí lo que importa. Y eso, en un mundo que insiste en callar lo vivo con fórmulas muertas, es suficiente.

El caos, al fin, se puede habitar.

Humberto M. Sotomayor

7 Ecos de la Infancia

«Solo con el corazón se puede ver bien;
lo esencial es invisible a los ojos.»
— Antoine de Saint-Exupéry, El Principito

El correo llega con un asunto seco:

«Revisión urgente. Ajustes inmediatos.»

Ni un saludo ni una despedida. Carver nunca usa más palabras de las necesarias, como si cada carácter extra costara dinero.

Abro el mensaje y ahí está, en letras negras sobre fondo blanco:

«Simplifiquen. Costos de acero fuera de control. Necesito alternativas. Nada de monerías.»

Respiro hondo. El aire acondicionado zumba en la esquina de la oficina, una vibración constante que hoy me taladra más de lo usual. El aire se siente incluso más frío de lo habitual, como si quisiera atravesar la piel y llegar a los huesos. En la mesa hay un montón de clips desparramados, y me descubro alineándolos sin pensar: uno, dos, tres, cuatro. Los pongo en fila, los giro, los vuelvo a alinear. El ruido externo me empuja hacia adentro.

VitaPlaza apenas empieza y ya siento el peso como si llevara años encima. Las velarias —esas alas que soñé como refugio contra el sol implacable de Texas— ahora son «excesivas», «innecesarias», «complicadas». Los números suben y bajan en las hojas de Excel que me envían cada semana, pero lo único que me importa no cabe en ninguna celda: sombra amable, aire respirable, un gesto de bienvenida.

Esta mañana recibí una llamada, y todavía me retumba en la cabeza. Habíamos estado revisando las cargas estructurales con el ingeniero principal.

Travis Patterson, jefe de estructuras, voz neutra, como si leyera un diagnóstico médico:

—Esto es demasiado complicado, Matt.

«Complicado». La palabra se queda vibrando como eco metálico. Podría haber dicho «costoso» o «técnicamente difícil», y lo habría tolerado mejor. Pero «complicado» cae distinto: se clava en el pecho, como si no solo hablara del proyecto, sino de mí.

Intento concentrarme en el render abierto en la pantalla. El proyector lanza sobre la pared la imagen clara: las velarias extendidas, tensadas con gracia entre columnas delgadas. Para mí son casi música: líneas que responden al viento, sombras que dibujan geometrías sobre el piso. Para Carver —y ahora, para Travis— son solo cifras rojas en un presupuesto que sangra.

Los dedos tamborilean contra el borde del teclado. Cuento respiraciones: uno, dos, tres, cuatro. El ruido del aire acondicionado crece, como si llenara todo el cuarto. Los clips que había alineado se desordenan de nuevo, y me sorprendo ordenándolos otra vez, como si en ese gesto mínimo pudiera recuperar el control.

Me levanto bruscamente de la silla y camino hacia la sala de juntas, donde sé que están Allison y Samuel revisando otras entregas. Abro la puerta sin anunciarme.

—¡Necesito que veamos las velarias ahora! —digo, quizá con

más fuerza de la necesaria.

Allison levanta la vista de su laptop. Ni una arruga de sobresalto. Solo asiente y cierra el archivo que tenía abierto.

—Vamos a la mesa, Matt.

Samuel ya se ha levantado, con su inseparable libreta de cálculos en la mano. Siempre lleva una, aunque use software para todo. Es su manera de traducir números al papel, de bajar a tierra lo que para mí son intuiciones flotantes.

Extiendo los planos impresos sobre la mesa, bajo el haz del proyector. Señalo los puntos de apoyo, las tensiones, las proyecciones. Mi voz sale acelerada, como si tuviera que vaciar todo lo que llevo atascado en la cabeza.

—Podemos reducir longitudes de anclaje si usamos los techos de los locales como soportes directos. Aquí y aquí —marco con el dedo sobre dos esquinas—. Nos ahorraríamos cimentaciones adicionales.

Samuel se inclina. Lápiz en mano, empieza a garabatear sobre la hoja.

—Eso implicaría reforzar las losas —dice, ya sacando cuentas mentales.

—Sí, pero es más barato reforzar que levantar cimentaciones nuevas. Y si trasladamos parte del anclaje hacia las fachadas, podemos ocultar el sistema en la piel del edificio.

Samuel murmura para sí, apenas audible:

—A ver… si fijo esta columna aquí… apoyo este tensor por acá… las cargas se reparten mejor. —Hace unas anotaciones rápidas—. Déjame correr proyecciones más detalladas después, pero a simple vista parece factible.

Allison, en silencio, sigue cada palabra. Anota algo en su libreta.

—¿Y el acero? —pregunta con calma.

—Podemos explorar tensores de menor calibre, siempre que las cargas lo permitan —responde Samuel, sin levantar la cabeza.

—También podemos jugar con alturas —añade—. Si bajamos unos metros en ciertos puntos, reducimos tensiones y recortamos acero sin comprometer sombra.

—Exacto —añado yo—. Y si mantenemos el diseño sinuoso en la membrana, la resistencia se distribuye mejor. La curva ayuda a la estructura, no la complica.

Siento que hablo demasiado rápido, como si me persiguiera un reloj invisible. Allison lo percibe. Me detiene con una sola frase, en tono bajo:

—Respira, Matt.

Me apoyo en la mesa un segundo. Hundo las palmas en el papel como si necesitara sostenerme. Respiro hondo. La mente no se calla: sigo viendo alternativas, rutas, fórmulas que quizá ni existen. Pero al menos tengo al mejor equipo conmigo.

Samuel alza la mirada, sus gafas reflejando el plano lleno de garabatos.

—Si trasladamos estos apoyos a las cubiertas, reducimos un quince por ciento en cimentaciones. No es suficiente para Carver, pero es un argumento sólido.

Allison toma la palabra.

—Y no olvidemos algo: Carver ya había aprobado un presupuesto. El alza del acero no es culpa nuestra. Si ahora quiere recortar más, está rompiendo su propio acuerdo. —Allison hojea sus notas con calma, pero su voz suena firme—. Debemos analizar si con los cambios que estamos planteando ahora será suficiente para contrarrestar ese aumento. Lo que no vamos a hacer es caer en su juego de quitar todas las velarias solo porque el acero subió. Tal vez lo está usando como justificación para salirse con la suya.

Hace una pausa, me mira directo.

—Así que llegaremos con soluciones, sí. Pero también con un límite claro. Lo que necesita son argumentos sólidos, no poesía. Yo me encargo de preparar el discurso: ahorro en costos, eficiencia en materiales, sostenibilidad a largo plazo. Eso sí lo puede vender.

Asiento. Miro otra vez las velarias en el render proyectado, miro los planos extendidos ahora llenos de anotaciones en lápiz sobre el papel. Imagino cómo se verán los cambios en el proyector. En mi cabeza siguen siendo alas, refugio, sombra. Para ellos, son números. Pero entre los tres hemos abierto un resquicio: no abandonar la idea, sino encontrarle forma para que sobreviva. Y en ese contraste —entre alas y cifras— sé que todavía hay espacio para que el proyecto respire.

Me dejo caer en la silla de la sala. El zumbido del aire acondicionado sigue ahí, Carver seguirá mandando correos secos. Pero ahora, aunque sigo cansado, siento un hilo de conexión. No estoy defendiéndolo solo.

Y, aun así, el eco de Travis Patterson me persigue:

«Esto es demasiado complicado, Matt.»

Ese adjetivo abre una puerta vieja. El presente se superpone con un recuerdo que nunca termina de callar: una mesa familiar, voces que lo ahogan todo, un niño sosteniendo un dibujo que nadie quiere mirar.

La puerta del recuerdo se abre sin resistencia.

Un domingo de mi infancia en Amarillo.

La mesa del comedor es más grande de lo que necesita la casa. Madera oscura cubierta por un mantel de plástico que refleja la lámpara del techo como un sol doméstico. Un ventilador gira lento y empuja el olor a carne guisada, pan caliente y cebolla frita.

119

Los vasos de vidrio son pesados; al dejarlos sobre el mantel dejan un golpe sordo que se mezcla con el tintinear de cubiertos y el murmullo continuo de voces superpuestas.

Mis padres están en la cabecera, rectos, sonrientes, con esa alegría cansada de quien sostiene el día. A su derecha, los amigos de la familia —los «tíos» de cariño— ocupan el otro extremo: ríen fuerte, cuentan anécdotas con las manos, llenan platos como si el hambre fuera una broma compartida.

Sus cuatro hijos ocupan el espacio como una manada: entran y salen, se levantan por soda, regresan con una risa colgando del hombro, empujan una silla sin pedir perdón. La casa parece hecha para ellos.

A mi izquierda, mi hermano mayor brilla con la seguridad de quien siempre sabe cuándo hablar. En su voz hay una especie de llave: cada vez que la usa, todas las miradas se giran solas.

A mi derecha, mi hermana menor recibe las preguntas suaves de los adultos —¿cómo te fue en la escuela?, ¿qué aprendiste?— y cada respuesta suya es celebrada con una exclamación breve, un «¡qué linda!», un «¡qué lista!». Aplauden cosas pequeñas y, por un segundo, el aire se ilumina.

Yo tengo las manos bajo la mesa, sosteniendo mi dibujo como si fuera una especie de animal nervioso. Es una casa que no existe: una casa con ventanas enormes, un patio con agua para que el ruido se calle, un pórtico que parecía un abrazo.

En una esquina garabateé sombras que caen en diagonales como si fueran relojes. Los materiales no están del todo claros, apenas texturas que inventé: piedra con memoria, madera que no pretende ser otra cosa. Lo miro y siento algo que no sé nombrar: es pertenencia a una forma que todavía no existe.

—¿Vieron a Eli jugar hoy? —dice uno de los «tíos» con voz de estadio—. Va a salir de quarterback, ya verán.

Los adultos ríen. Mi hermano mayor cuenta cómo resolvió

algo en clase; lo escuchan como si estuviera leyendo el periódico. Mi hermana se ensucia con salsa y mamá le limpia la boca con una servilleta —el gesto es tierno, eficiente, absoluto—. Los hijos de los «tíos» compiten por contar chistes de la tele, dos a la vez, y aun así alguien entiende y celebra. El ventilador murmura encima de todos. El mantel tiene una línea azul que corre como un río. La sigo con la vista para no perderme.

—Yo hice un dibujo —digo, primero solo en mi cabeza. Ensayo el tono, la pausa, el giro exacto de la frase para que entre sin chocar.

Intento subir la voz.

—Yo… hice un dibujo.

Mi padre me mira rápido y asiente con una sonrisa breve, mientras el «tío» ya entra con otra historia sobre trabajo, un cliente terco, una broma de oficina. La mesa vuelve a girar en su propio eje. Un vaso golpea, una silla raspa el piso, alguien pide más pan.

Espero un hueco. Siempre hay huecos, me digo. Solo hay que encontrarlos.

—Miren —intento otra vez—, es una casa…

Mi hermano mayor entra con un remate que arranca risas. Mi hermana enseña un dibujo hecho en la escuela —un sol con ojos enormes y una flor que parece una cara— y todos se inclinan a verlo. «¡Qué bonito!», «¡a ver, enséñale a la tía!». Le tocan el cabello como si aplaudieran en silencio.

—Muy bien, hijo —dice mamá hacia mí, con cariño que llega y se va en un segundo—, pero escucha a tu hermano.

Obedezco. No porque quiera. Porque la frase tiene la textura de una instrucción que ya existía antes de ser dicha.

Las risas resbalan por la mesa como aceite; algunas caen sobre mi plato y lo vuelven más pesado. El tenedor en mi mano se siente de plomo. La carne se enfría en los bordes. El dibujo suda un poco en mis dedos. Pienso que si lo saco ahora, nadie lo va a mirar; será como poner un pájaro vivo en medio de una carretera.

Respiro. Cuento la cadencia del ventilador: una, dos, tres, cuatro vueltas. Observo la sombra de las aspas. Sigo la costura del mantel con la yema del dedo; es rugosa, imperfecta, real. La línea azul me lo repite: avanza, aunque el ruido no se detenga.

—¿Y tú qué hiciste hoy? —pregunta la «tía» de cariño con una sonrisa que pasa por todos—. ¿Jugaste con tus primos?

Asiento con un gesto que no miente ni afirma nada. Pienso que no: que preferí quedarme mirando cómo las sombras se movían sobre el piso de la sala, cómo la luz del atardecer hacía triángulos y luego formas torcidas. Que mi juego fue medir el tiempo con la caída de una línea sobre otra. ¿Cómo se explica eso sin que suene extraño? ¿Cómo se cuenta un juego que no tiene pelota ni escondite?

—Tiene talento —dice papá, mirando a mi hermano—. Lo dije desde que era chico. Habla como adulto. Y es buenísimo para organizar al equipo.

Todos asienten. Alguien brinda con agua, con soda, da igual. La palabra talento rebota y cae donde siempre.

Siento el dibujo inquieto, como si el papel quisiera respirar. Lo deslizo un centímetro fuera de mi escondite bajo la mesa. Las esquinas rozan mis rodillas. Lo vuelvo a meter. Hay decisiones que ocurren en espacios mínimos: un centímetro de papel puede ser una derrota o una victoria.

La manada de los cuatro «primos» arma una carrera al pasillo. Vuelven sudados, riendo, con el aliento pegado. Uno tropieza con mi silla y me pide perdón sin mirarme. Detrás queda un olor a pasto, a jabón barato, a verano.

—A ver, princesa, cuéntanos otra vez lo de la maestra —dice la «tía» mirando a mi hermana.

La escuchan. La celebran. Yo también la escucho; habla de un dibujo de flores que pegó en el corcho de la clase. Es hermoso el corcho —pienso—, porque adopta lo que le pongan: mapas, flores, notas, errores. Un lugar que siempre hace espacio.

Mi madre me sirve más comida. Digo «gracias» y ella me aprieta el hombro, rápido, como quien coloca una lámpara bien en su sitio. Amor no faltaba. Faltaba otra cosa: una especie de oído para el tono en que yo existía.

El tío imita a un cronista, todos ríen. El ventilador ya no refresca; corta el aire en rodajas gruesas. El mantel se arruga donde apoyo el codo y ese pliegue me parece una montaña. Podría dibujarla ahora mismo: una línea que sube y otra que la sostiene, un valle donde el silencio pueda sentarse. Saco el dibujo hasta la mitad. Casi. Casi.

Mi hermano mayor cuenta algo más. Mi padre lo mira como si se mirara en un espejo. Mi hermana enseña otra cosa pequeña que provoca un «awww» general. Yo me encomiendo a la precisión: trazo con la uña una diagonal invisible en el borde del papel, mi regla secreta.

—Voy al baño —miento.

Nadie me detiene. Camino despacio por el pasillo. Llevo el dibujo doblado sobre el vientre, con la suavidad con que se carga a un pájaro que no debe despertar.

Entro a mi cuarto. La puerta se cierra derrotando dos risas, tres preguntas, un brindis. Adentro hay una calma que reconforta. La cama recita el polvo de la tarde. Sobre el escritorio, otros papeles: fachadas sin gente, patios vacíos esperando su ruido, notas que no sé si son palabras o materiales.

Abro la caja de zapatos. Muchos papeles doblados: un mapa de todas las cosas que no dije. Cada hoja es un pedazo de mí. Hay líneas que se rompen en la mitad por haber sido dobladas demasiadas veces. Hay puertas que no llevan a ninguna parte —todavía—. Hay agua pintada con lápiz, sombras hechas con el borde de la goma. Hay esperanza escondida en los dibujos, arrugada.

Guardo el dibujo de hoy con los demás, como si estuviera poniéndolo a salvo de algo que no puedo nombrar. La caja suena hueca al cerrarse. La empujo bajo la cama.

Me quedo de pie un momento, escuchando cómo el ruido de la mesa llega amortiguado hasta aquí. Se oye como el mar cuando uno pega el oído a una concha: igual de hermoso e igual de ajeno. Paso los dedos por la superficie del escritorio. Está tibia; una tibieza que no reclama.

Me siento. Abro otra hoja en blanco. Trato de dibujar una mesa distinta: una en la que todos puedan entrar sin tener que levantar la voz. Agrego una banca larga con una curva suave; coloco arriba una lámpara que no encandile, que no se sienta como interrogatorio. Pongo muchas ventanas, que deshagan el grito en murmullo. Abro un espacio hacia un patio donde el aire pase sin empujar. Dejo un lugar para quien llegue tarde y no quiera explicar nada.

Mi mano tiembla un poco. No de miedo; de esa emoción rara que aparece cuando una cosa empieza a existir. La hoja respira. Yo también.

Golpean la puerta. La voz de mamá llega limpia, sin la espuma de la risa:

—¿Estás bien, mi amor?

—Sí —digo—. Ya voy.

No abre. No entra. Me deja el espacio como si supiera, sin saber, que lo necesito. La escucho regresar a la mesa. El ruido sube un grado y luego baja. Imagino que han servido postre. La casa huele ahora a canela.

Vuelvo a mirar la hoja. La mesa que acabo de dibujar no se parece a la de abajo, pero tampoco la niega. Es otra posibilidad. Toco la esquina del papel con la punta del índice, como si pudiera bendecir algo. Y en voz muy baja —para que nadie me quite la palabra— prometo:

Algún día, mis dibujos serán vistos.

Cierro la hoja con cuidado, como quien guarda una camisa recién planchada. Apoyo la frente contra el borde del escritorio. Cuento las vueltas del ventilador del techo: una, dos, tres, cuatro. Siento cómo el pecho se afloja apenas, como si el aire encontrara por fin la entrada correcta.

Regreso al comedor. Los tíos hablan del siguiente domingo en el parque; los primos discuten a carcajadas sobre quién va en la ventana del coche.

Mi hermano mayor recibe una palmada de papá; mi hermana se ríe con la boca llena y mamá la mira con esa mezcla de regaño y ternura que cura todo. No estaba ni de un lado ni del otro. Nadie pregunta por mi dibujo. Era como si me hubieran dejado en una orilla distinta.

Me siento otra vez en mi silla. El mantel ya no es una montaña: es una cordillera que sé que puedo cruzar. El vaso frío me humedece los dedos. Cuento hasta cuatro y bebo. El mundo sigue ruidoso, como siempre, pero ahora entre el ruido y yo hay una hoja que dice «todavía».

Alguien pregunta si quiero más pan. Digo que no, gracias. Estoy lleno de otra cosa.

La lámpara del techo deja un círculo de luz perfecto sobre el centro de la mesa. Recuerdo cómo me quedaba hipnotizado mirando esa luz que caía como un charco amarillo. El vapor de la comida subía y lo volvía borroso, como si hubiera sombras invisibles flotando en el aire. En ese momento no lo entendía, solo me parecía extraño y hermoso.

Mamá me mira de reojo, como si hubiera adivinado al menos una pizca de mi mundo. Sonríe. Yo también. Con eso me conformo.

El ventilador da otra vuelta. Afuera, por la ventana, el cielo de primavera estira nubes largas, como cintas blancas que alguien olvidó recoger. Las cintas se mueven al ritmo de un viento que no vemos.

En la mesa piden café. Yo no quiero. Quiero volver al cuarto, abrir la caja, sacar los papeles, seguir dibujando, sin ruidos ni nadie que me ignore.

Pero me quedo. Como un trozo de pan. Escucho una anécdota a medias. Le paso una servilleta a quien la pide. Hago lo que se hace en las mesas. Y al mismo tiempo, por dentro, empiezo a imaginar.

El murmullo de la mesa en Amarillo se disuelve, pero no desaparece del todo. Todavía puedo escuchar a mi hermana riendo, a mi madre diciendo «escucha a tu hermano». Solo que ahora esas voces llegan mezcladas con otras: el ruido eléctrico del proyector, el roce de papeles sobre la mesa, el clic insistente de un bolígrafo que alguien olvidó detener. Estoy otra vez en la sala de juntas, pero la herida de la infancia sigue abierta, apenas cubierta por una delgada capa de aire frío.

Allison está frente a mí, inclinada sobre su laptop. Sus dedos se mueven rápidos, casi sin ruido, como si supieran que mi cabeza todavía resuena demasiado fuerte. A un costado, Samuel traza líneas cortas en su libreta de cálculo. Habla solo, en un murmullo que a cualquiera le parecería irrelevante, pero para mí es como escuchar cómo se arma un andamio invisible:

—Si movemos este punto de apoyo… el ángulo cambia, la carga se reparte… sí, aquí podría funcionar.

Miro sus manos: una línea, otra, una flecha, un número. Es la traducción matemática de lo que yo imagino como alas. Donde yo veo sombra y calma, él ve fuerzas y tensiones. Y lo agradezco, aunque me cueste reconocerlo: sin sus cálculos, mis alas no despegarían.

Allison levanta la vista un momento, y sin decir nada empuja hacia mí un vaso de café. No me lo ofrece con ceremonia. Solo lo coloca cerca de mi mano, como quien acomoda una piedra para marcar un sendero. Ese gesto mínimo me sacude. En la mesa de Amarillo nadie me veía; aquí, al menos, alguien me dice sin palabras: estás aquí, y te veo.

—Samuel —dice Allison, rompiendo el silencio con voz firme pero serena—, recuérdame el cálculo del ahorro de electricidad con las velarias.

Samuel ajusta sus gafas y hojea la libreta.

—Veinticinco por ciento menos consumo en refrigeración si logramos mantener la sombra continua. Lo tengo aquí —golpea con el lápiz sobre una cifra—. Y si las membranas funcionan como esperamos, la temperatura interior baja al menos tres grados. Esto sin contar la inversión inicial de los equipos de refrigeración.

—Tres grados —repito, como si la frase fuera más que un número. Tres grados menos de calor, tres grados más de libertad.

Allison asiente y ya está anotando:

—Eso es un argumento. Carver no podrá llamarlo «monerías».

De pronto, la sala ya no me parece tan hostil. El aire acondicionado sigue helado, el proyector sigue zumbando, los clips siguen esparcidos en mi mesa. Pero ahora el ruido tiene bordes: Samuel lo convierte en datos, Allison en discurso. Yo en imágenes. Por un instante, las tres piezas encajan.

—Matt —dice Samuel sin mirarme, todavía sumido en su libreta—. No estás solo en esto.

La frase me sorprende porque Samuel no es de palabras grandes. Siempre habla en medidas, porcentajes, márgenes de error. Tal vez por eso sus palabras pesan más: son pocas, pero exactas.

Miro el render en la pantalla. Las velarias proyectadas parecen respirar. Parece que nuestras ideas para salvar el proyecto van a funcionar. En mis ojos siguen siendo alas; en la libreta de Samuel, cálculos; en las notas de Allison, un plan de venta. Todo al mismo tiempo. Todo necesario.

Allison guarda un silencio largo, luego habla con calma:

—Con estos cambios en las estructuras y en la posición de las velarias, el costo va a bajar lo necesario para absorber el incremento del acero y aun así mantenernos dentro del presupuesto. Además —golpea suavemente la mesa con el bolígrafo— seguimos teniendo la ventaja que ya hemos repetido varias veces: evitar la inversión en equipos de refrigeración para toda la plaza. Con esos datos, estamos demostrando que el proyecto puede continuar tal como fue planteado desde el inicio. Carver no tendrá cómo justificar recortes que le quiten la esencia.

Siento que el aire vuelve a entrar en mis pulmones.

Aun así, el eco de Travis Patterson me sigue persiguiendo: «Esto es demasiado complicado, Matt.» La frase se esconde entre los papeles, bajo las luces del proyector, incluso detrás de los números de Samuel. Esta vez no me la guardo.

—Hoy Travis dijo que esto era demasiado complicado —confieso, la voz más baja de lo que pensaba—. No sé… esa palabra me golpea distinto. Como si no hablara solo del proyecto, sino de mí.

Samuel levanta la cabeza, deja el lápiz a un lado.

—«Complicado» no es lo mismo que imposible, Matt. Significa que vale la pena trabajarlo. Si fuera fácil, cualquiera lo haría.

Allison me sostiene la mirada. No necesita hacer nada para sonar firme:

—Y además, Carver y Travis ven números. Tú ves lo que hay detrás. A veces lo que otros llaman «complicado» es en realidad lo que nos hace necesarios: a gente como tú, como Dave, como yo.

Las palabras caen como piedras sobre el agua: generan ondas que se expanden y se quedan. Respiro. No es que el eco desaparezca, pero por primera vez no lo escucho solo.

La sala de juntas queda vacía después de que Allison y Samuel se van. El proyector se apaga con un zumbido cansado, como si también necesitara descanso. Los planos siguen sobre la mesa, llenos de garabatos en lápiz y anotaciones al margen.

Vuelvo a mi oficina. Los clips siguen ahí, revueltos desde la mañana. Los tomo y los aprieto en la mano hasta sentir el metal frío contra la piel. No arreglan nada, pero por un segundo me dan la sensación de que las piezas pueden volver a juntarse.

El celular vibra. Un mensaje de Allison:

«Tienes aliados de sobra en esto. Lo que falta, lo vemos mañana. Descansa.»

Me quedo mirándolo más tiempo del necesario. A veces lo que más cuesta no es la tarea pendiente, sino tener la certeza de que alguien está ahí para apoyarme.

No voy directo a casa. Decido caminar.

Afuera, Dallas me recibe con su doble rostro: torres de vidrio que parecen recién estrenadas y, a sus pies, edificios de ladrillo que llevan décadas sosteniendo calles enteras.

El contraste no me incomoda; me atrae, como si la ciudad supiera que la belleza no está en elegir un estilo, sino en dejar que los tiempos convivan.

Camino despacio, sin prisa, sin rumbo. Cada paso resuena suave contra las líneas del pavimento, esas marcas que parecen dividir la noche en fragmentos manejables. El aire fresco me envuelve en ráfagas, no fuerte, sino como una mano que acomoda el cabello y sigue de largo.

Levanto la vista y las luces de los faroles se encadenan como una fila de luciérnagas domesticadas, guiando mi andar. Miro mis zapatos avanzar y me sorprende la precisión con la que las banquetas dibujan un ritmo: línea, espacio; línea, espacio. Como si la ciudad hubiera preparado un metrónomo solo para recordarme que hay pasos que se pueden dar más lento, sin correr detrás de nada.

Respiro. El aire trae olor a concreto tibio, a gasolina lejana, a pan que alguien hornea todavía en un local pequeño. Y por primera vez en todo el día, siento que mi cuerpo acompaña a mi mente en el mismo compás.

Pienso que yo también soy ese contraste: el niño que guardaba dibujos en una caja de zapatos bajo la cama y el arquitecto que hoy pelea por sostener velarias frente a presupuestos crueles. No puedo borrar ninguno de los dos. Solo aprender a ponerlos de pie juntos.

En una esquina, un café con fachada del siglo pasado refleja la luna como si fuera propiedad privada. Al otro lado, una torre lanza su neón verde sobre la acera húmeda. El contraste me hace sonreír: cada uno con su lenguaje, pero ambos diciendo lo mismo: estoy aquí.

Me detengo junto a una banca. La sombra de un árbol dibuja un arco en el pavimento. La luz anaranjada de los faroles lo enmarca como si fuera una maqueta urbana invisible. Cierro los ojos un momento. La ciudad no me exige nada. Solo me ofrece su mezcla, su paciencia.

Y entiendo: pertenecer tal vez no sea ser de un tiempo o de otro, de una voz o de otra. Tal vez sea encontrar el modo de sostener todas las capas al mismo tiempo, como hace esta ciudad.

Con ese pensamiento, camino hacia el estacionamiento. El aire nocturno se siente menos frío. La ciudad respira conmigo. Y en mi mente, casi lo escucho: Toby ya me espera impaciente.

Humberto M. Sotomayor

8 Mensajes guardados

La oficina huele a café recalentado y a papel húmedo por el sudor de mis manos. Es tarde, demasiado tarde, y aun así la mesa está llena: planos extendidos, renders abiertos en la pantalla, una lista de pendientes que parece multiplicarse sola. Todo está en orden, cada archivo nombrado, cada cita programada, cada entrega marcada en la agenda. Y sin embargo, el tiempo se me escapa como agua entre las manos.

La inauguración se acerca más rápido de lo que me atrevo a reconocer en voz alta. Todo va a tiempo —las columnas de acero ya en pie, las instalaciones avanzando, los equipos en sincronía—. No hay retrasos, no hay fallas. El proyecto respira con el mismo rigor que puse en cada plano. Pero dentro de mí, la presión late como si fuera lo contrario: como si el reloj me gritara que mil cosas aún faltan, que cualquier detalle mínimo podría derrumbar todo.

Hoy, por ejemplo, la entrega de acero llegó tres horas tarde. Solo tres horas. Nadie en el equipo lo consideró un problema, porque alcanzó para avanzar igual. Pero para mí fue como si el calendario se hubiera burlado en mi cara, como si la obra entera se hubiera corrido un centímetro hacia el abismo. Si tres horas pueden moverse, ¿qué pasará cuando falten tres días? ¿Qué pasa si algo se quiebra justo antes de la inauguración?

Me paso las manos por la cara. El aire acondicionado zumba con insistencia en la esquina, más frío de lo normal, como si quisiera atravesar la piel. Mis ojos arden de cansancio, pero la emoción me mantiene despierto. Cada vez que pienso en el edificio terminado, me golpea esa mezcla imposible: un orgullo que me levanta y una ansiedad que me hunde.

Allison ya me regañó hace dos horas. «Vete a casa, Matt. No puedes controlarlo todo a esta hora.» Lo dijo con ese tono seco y paciente que usa cuando ya no quiere discutir. Asentí en la llamada, como quien promete algo que no piensa cumplir. No puedo irme. No todavía. No mientras queden papeles sobre la mesa. No mientras la idea de un error invisible me persiga en la nuca.

La lámpara sobre el escritorio proyecta una luz blanca, que cae directo sobre los planos, como si los interrogaran. Me sorprendo enderezando las reglas, alineando carpetas, borrando manchas en los márgenes. No es solo perfeccionismo: es la necesidad de que todo esté en su sitio, porque si los papeles están desordenados, ¿qué impide que también lo esté el futuro del edificio?

Me inclino sobre un render congelado en la pantalla. El esqueleto de acero avanza. Lo veo en colores digitales, pero lo siento como un organismo real: huesos que esperan piel, un cuerpo que todavía necesita sostenerse para vivir. Me emociona tanto como me aterra.

Muevo una carpeta para hacer espacio y algo resbala al suelo. Me agacho a recogerlo: es una servilleta doblada en cuatro, amarillenta en los bordes, con el logo borroso de un hotel de Nueva Orleans. La acerco: huele a papel viejo y a café reseco; la fibra es áspera y cruje apenas cuando la despliego.

La tinta azul ha perdido fuerza, pero todavía se lee:

«Matty, siempre estoy tan orgullosa de tí, y hoy me siento felíz de que me hagas parte de tus sueños.
Tu Ellie.»

El aire acondicionado sigue zumbando, pero ya no lo escucho. Siento el roce del papel contra los dedos, la textura áspera de una servilleta cualquiera que, por alguna razón, sobrevive a todo.

Siento un nudo en la garganta, de esos que parecen que no te dejarán hablar, y mis ojos se hacen un poco vidriosos. Recuerdo la risa de ella al escribirlo. Siempre me dejaba notas en cualquier papel improvisado, algunas con bromas mutuas, pero siempre con mucho cariño y sinceridad. Este gesto despreocupado de usar la primera cosa a mano para dejarme una nota que no era broma, aunque estuviera envuelta en bromas.

Ella fue la primera persona a la que le mostré mis sueños completos. Y fue la primera en decir que eran también suyos.

Cierro los ojos. La oficina desaparece.

El auto ya está en marcha, pero todavía no hemos salido. Yo llevo dos horas asegurándome de que todo esté en orden: maletas en la cajuela, acomodadas por peso y tamaño, el tanque lleno, las botellas de agua alineadas en el compartimento central. La reservación del hotel, impresa y en una carpeta plástica, descansa entre el asiento y la consola central. Todo listo, todo bajo control. Así funciona mi cabeza: si la ruta está prevista, nada debería salirse del carril.

Elona, en cambio, aparece corriendo desde la puerta de la casa con una maleta que parece reventar. El cierre va medio abierto, un suéter asoma como lengua de tela a punto de escapar. Trae en la otra mano un par de zapatos que olvidó meter. Se ríe sola, como si su propio desorden le pareciera un chiste privado.

—Matty, no te preocupes por el tiempo... no hay prisa en este viaje —dice, casi cantando, mientras deja la maleta en la cajuela sin mirar cómo acomodo yo las otras.

Respiro hondo. El espacio estaba perfectamente calculado y ahora la tela sobresale como un obstáculo indomable. Quiero decirle que cierre bien, que doble las cosas, que el viaje se hace más largo si algo se mueve y hace ruido. Pero la veo tan contenta, con esa sonrisa que ilumina incluso la mañana gris, que me muerdo la lengua. Solo acomodo lo necesario y cierro la cajuela. Ella me lanza un guiño triunfal, como si supiera que ganó una pequeña batalla invisible.

Subimos al auto. Elena tarda un minuto en abrocharse el cinturón porque enredó la correa con la bolsa de mano. Suelta una carcajada y me mira de reojo.

—Si sobrevives a viajar conmigo, puedes sobrevivir a cualquier cosa.

Yo no respondo. Aprieto el volante y reviso los espejos. Ella extiende una mano y enciende el estéreo. Country clásico inunda la cabina: guitarras simples, voces ásperas. Ella empieza a cantar aunque no se sepa toda la letra. Inventa las partes que faltan, cambia frases por sonidos parecidos y golpea el tablero con la palma como si fuera batería. La música la envuelve; a mí me atraviesa, pero de otro modo: escucho los silencios entre acordes, la cadencia exacta que repite el compás como un metrónomo confiable.

—¡Vamos, Matty! —me insiste—. Tú haces la segunda voz.

—No sé la letra.

—¡Tampoco yo! —y vuelve a reírse, esa risa clara que parece limpiar cualquier espacio.

La carretera aún no empieza, pero ya sé que este viaje no seguirá ninguna de mis listas. Y, al mismo tiempo, me descubro con un inicio de sonrisa que no esperaba.

Regresa un instante a la casa porque olvidó su chaqueta. Protesto con un suspiro, pero no arranco el auto. La veo correr otra vez, cruzando el jardín como niña que no calcula el tiempo. Su cabello vuela desordenado, su voz se escucha desde la puerta: «¡Ya vengo, Matty!». Cuando regresa, trae la chaqueta, un paquete de galletas abierto y la seguridad de que no importa llegar diez minutos tarde.

En mi mente, diez minutos significan mucho. Son diez líneas en la agenda, un margen que puede arruinar la puntualidad de la parada planeada para gasolina. Pero cuando me entrega una galleta sin pedirme permiso y me dice: «Anda, prueba». El cálculo se deshace un poco. El sabor dulce, combinado con el eco de su risa, me obliga a aceptar que hay cosas que no se miden en minutos ni en mapas.

Arrancamos finalmente. El motor vibra bajo mis manos como una promesa. Miro el retrovisor: la casa queda atrás, el itinerario empieza. Elena sube el volumen del estéreo y acomoda los pies en el tablero, pese a que le digo que no es seguro. Me responde con otra risa, con un movimiento ligero de hombros, como si dijera: «relájate, Matty, no todo tiene que ser perfecto».

El camino se abre frente a nosotros. Pienso en las millas que faltan, en los hoteles donde dormiremos, en los restaurantes que marqué como «opciones seguras». Ella, en cambio, piensa en que puede detenerse en cualquier gasolinera para comprar dulces o en cualquier «diner» para probar un hot dog. Y lo sé porque lo dice en voz alta, como si no hubiera diferencia entre pensar y compartir.

—Vamos a parar donde nos dé la gana —anuncia—. Y quiero un café barato de esos que saben a plástico, ¿me escuchas, Matty?

No digo nada. Me concentro en el asfalto. Pero en el fondo sonrío otra vez. Sé que, aunque intente resistirme, ese será el verdadero mapa del viaje: la forma en que ella improvisa y yo tratando de no perder el control.

Ya hay algo de tráfico a la salida de la ciudad. Los semáforos parecen alargarse más de la cuenta y cada minuto pesa en mi cabeza como un recordatorio de lo frágil que es cualquier itinerario. Elena, en cambio, canta sin preocuparse, como si el reloj fuera un invento prescindible. Me aguanto las ganas de señalarle la hora. Son quinientas millas hasta Nueva Orleans y me hice una promesa: soltarme, divertirme, disfrutar a Elena y a nuestro tiempo juntos. Aunque me cueste, voy a intentarlo.

La carretera se abre como una línea infinita. Dos carriles que parecen perderse en el horizonte, con campos planos a cada lado y postes eléctricos que marcan el compás como metrónomos clavados en la tierra. El sol todavía no quema, pero ya anuncia el calor seco que se acumulará al mediodía. El volante empieza a sentirse tibio bajo mis palmas; un mosquito golpea el parabrisas y deja un rastro oscuro que me irrita más de lo que debería. El aire huele a asfalto caliente, mezclado con gasolina vieja que llega de algún tráiler lejano. Yo mantengo las manos firmes en el volante, controlando la velocidad exacta: setenta millas por hora, ni una más, ni una menos.

Elena lleva la ventana entreabierta (aunque prefiero ventanas cerradas y aire acondicionado, no digo nada) y deja que el aire le revuelva el cabello. Canta con la música como si estuviera en un escenario. Tiene esa facilidad de transformar cualquier espacio en un concierto improvisado, de disfrutar cualquier momento, incluso en el coche más cansado de la carretera.

La música country tiene letras simples que hablan de trenes, carreteras y corazones rotos. Ella no se sabe la mitad, pero eso no importa: inventa sonidos, cambia frases, mete mi nombre en medio de una estrofa como si la canción hubiera sido escrita para nosotros.

—♫ Matty drives too serious, Matty counts the miles... ♫ —canta, imitando la voz áspera del cantante, y luego estalla en una risa que llena todo el coche.

Yo quiero mantener la seriedad, pero siento que la boca se me curva sola. Toma el cinturón y lo usa como si fueran las cuerdas de una guitarra. Cada tanto me mira de reojo, buscando esa grieta en mi concentración. Sabe que la encuentra cuando mis manos acompasan el volante con el ritmo de la canción.

La primera gasolinera aparece en medio de la nada. Me detengo porque lo tenía previsto: tanque a la mitad, tiempo de repostar y limpiar el parabrisas antes de seguir. El calor de mediodía se pega en la espalda mientras pongo gasolina.

Ellie ya se ha metido en la tienda. Al entrar, la encuentro frente a la caja con un botín absurdo: una bolsa de frituras gigantes, un sombrero de vaquero barato con plumas rojas, una caja de donas y varias golosinas que apenas caben en sus brazos.

—¿Para qué necesitamos todo eso? —pregunto, con las cejas arqueadas.

—Para sobrevivir, Matty. ¿O crees que tu itinerario incluye ataques de hambre súbitos? —responde con solemnidad fingida, antes de soltar otra carcajada.

—¿Al menos agarraste agua? —pregunto, mirando la montaña de tonterías como si fueran evidencia de un crimen.

—¿Agua? —me mira fingiendo sorpresa—. ¿Para qué queremos agua en un roadtrip? Dr Pepper y Coca-Cola lo harán mucho más divertido.

Sacude las botellas azucaradas como si fueran trofeos y me guiña un ojo. Yo solo respiro hondo, recordándome que me prometí soltar el control... aunque en mi cabeza ya calcule cuántos gramos de azúcar son en cada botella.

El cajero nos mira divertido mientras marca cada cosa. Ellie aprovecha para poner encima de la caja una pelota de goma que brilla en la oscuridad.

—Esto también. Nunca sabes cuándo vas a necesitar un juguete radiactivo en medio de Texas.

Yo niego con la cabeza, pero pago igual. Al salir, ella se coloca el sombrero ridículo y, sin preguntarme, me pone una dona directamente en mi boca con gesto triunfal. Mastico en silencio, fingiendo molestia, aunque por dentro me descubro sonriendo.

—¿Ves? Ya estamos de vacaciones.

De regreso en el coche, el azúcar me empalaga, pero me sorprendo dándole una segunda mordida. Ella chupa sus dedos llenos de migajas y luego sube la música. Suena otra canción country, con un estribillo repetitivo sobre volver a casa. Ella grita el coro como si estuviera en un concierto. Yo me fijo en la sombra que los postes eléctricos dibujan sobre el asfalto: cada diez segundos, una línea oscura cruza el parabrisas. Uno, dos, tres, cuatro... lo cuento como si pudiera controlar así el tiempo.

—¿Qué cuentas ahora? —pregunta ella, sin dejar de cantar.

—Postes. El ritmo en que aparecen —respondo, sin pensar.

—Matty, ¿te das cuenta de que cuentas hasta las sombras?

—Alguien tiene que hacerlo.

—No, cariño —se ríe y me acaricia el brazo con suavidad—. Nadie tiene que hacerlo. Solo tú. Y eso me encanta.

Me lo dice con ternura, sin burla. Y por un segundo dejo de contar. El paisaje avanza igual, sin mi supervisión, y no pasa nada.

Más adelante, un motel viejo aparece con un letrero oxidado que anuncia «Pool & Wi-Fi» en letras rojas. Ellie quiere detenerse solo para ver si la alberca aún existe. Yo sigo derecho, siguiendo la línea recta del plan. Ella suspira teatralmente, pero a los cinco minutos ya se ríe de otra cosa: un camión con pintura desteñida que lleva una vaca sonriente.

—¡Mira, Matty, es tu gemelo! —me dice, señalando al dibujo ridículo.

No entiendo el chiste, pero la risa se me contagia igual. El viaje sigue. El sol sube. La carretera se convierte en un hilo interminable entre cielo y tierra, y me descubro pensando que no importa si el destino llega tarde, mientras ella siga cantando a mi lado.

La cinta gris parece no acabar nunca, hasta que un destello rojo rompe la monotonía del horizonte: un letrero parpadeante que promete café y sombra.

El letrero de neón parpadea como un ojo cansado:

«DINER».

Debajo, una flecha roja apunta a una puerta metálica que ha sido pintada tantas veces que ya no sabemos de qué color era al principio. El estacionamiento está casi lleno: varias pickups polvorientas, motos con cromo opaco y autos de años pasados que parecen haber hecho el mismo recorrido una y otra vez hasta este lugar. Con tantos coches, pienso, este lugar seguramente vende comida deliciosa.

Estaciono junto a una bomba de gasolina antigua, más decorativa que útil; el calor pegado al metal convierte el aire en una gelatina tibia. Ellie baja del coche con el sombrero ridículo y suelta un silbido celebratorio, como si acabara de descubrir un tesoro enterrado en mitad de la carretera.

Al entrar nos envuelve la música country que suena desde una rockola en la esquina. El aire acondicionado baja como un alivio inmediato, contraste absoluto con el calor seco que nos acompañó todo el camino. El olor es hogareño: fritura recién hecha, carne asada con especias, un fondo de barbecue que parece impregnado en las paredes.

La gente parece ser toda local, con esa alegría sencilla y franca que se nota en las sonrisas. El piso es de madera vieja pero limpia; cada paso cruje como en una película de vaqueros. En las paredes cuelgan cuadros de rodeo, adornos de cuero, herraduras y letreros de neón. Todo está amontonado, casi desordenado, y sin embargo transmite un orden perfecto: el de un lugar que sabe exactamente quién es.

—Esto es perfecto —dice Ellie, como si la palabra estuviera hecha para lugares así.

Nos sentamos en una mesa junto a la ventana. El vidrio está un poco grasiento por dentro y arrugado por la lluvia vieja por fuera. Una mesera con lápiz detrás de la oreja y uñas pintadas de rojo nos sonríe sin ceremonia.

—¿Qué van a querer, cariño? —me lo pregunta a mí, pero Ellie ya está levantando la mano.

—Dos cafés, por favor. El suyo bien negro —señala mi lado con el dedo—, el mío con demasiada azúcar. Y... —mira el menú con los ojos brillando— una rebanada de pay de manzana del tamaño de Texas.

—Tenemos tamaño «carretera» y tamaño «tormenta» —dice la mesera con un guiño.

—«Tormenta», claramente —responde Ellie, encantada—. Y póngale helado encima si el universo lo permite.

Yo abro el menú para disimular la incomodidad. Fotografías granuladas de hamburguesas imposibles, huevos eternos, malteadas que desafían la física. Me quedo con el café, nada más. Ellie me mira como si acabara de perder un concurso invisible.

—Matty, no te cases con el café. Mira, el pie viene con la promesa de salvar almas musicales.

—Eso no dice —respondo, señalando un texto que solo habla de canela.

—Lo dice en el espíritu —se ríe—. Además, hoy somos turistas del presente. Se vale todo.

Los cafés llegan en tazas gruesas con pequeñas fracturas en el esmalte. El mío sabe a noche de carretera; el de Ellie, a feria azucarada. Ella sopla y sopla, como si espantara fantasmas del vapor. Cuando llega el pay, el plato aterriza con un golpe suave. La rebanada brilla bajo una capa de almíbar; la costra parece un mapa agrietado; el helado suda por los costados y arma ríos pálidos que se pierden en la manzana.

—Solo un bocado —dice, adelantándose a mi objeción—. Uno. Si no te gusta, yo me sacrifico heroicamente por el resto.

Le sostengo la mirada un segundo. Toma el tenedor, corta una esquina precisa, sopla y me lo acerca como si estuviera entrenando a un animal arisco. Pienso en el itinerario, en los minutos, en la gasolina; pienso en el azúcar, en las reglas invisibles que me mantuvieron a salvo tantas veces.

Abro la boca. El primer bocado es canela tibia, masa quebrada y un trozo de manzana suave que estalla con una dulzura primaria. No digo nada. Ella entiende la señal: me sirve otro pedacito más pequeño, como quien gana terreno sin causar alarma.

—¿Ves? —dice muy bajito—. El plan también sabe bailar.

Al otro lado del mostrador un hombre en texana charla con la mesera como si fueran parientes. Dos camioneros discuten sobre un marcador de escuela «high school» que no conozco. Una pareja de ancianos comparte una malteada con dos popotes. Todo parece tener un ritmo ajeno a los relojes. Afuera, el cielo empieza a fruncirse de un gris plomizo. El primer golpe de lluvia suena en el techo de lámina como si alguien hubiera arrojado un puñado de canicas.

—Tormenta tamaño «tormenta» —dice Ellie, celebrando su propio pedido. Se levanta y pega la frente al vidrio—. Mira, la carretera también improvisa.

Las gotas crecen, se atropellan, corren por el vidrio como si *compitieran. La mesera sube un poco el volumen de la rockola que suena detrás. Jazz suave: un saxo gastado, un piano tímido, una batería que parece hablar en voz baja. Ellie vuelve a sentarse con la sonrisa de quien ha encontrado un secreto.*

—Me gusta cuando el mundo decide el tempo —dice—. No tú, no yo. El mundo.

Yo tomo mi taza con las dos manos. El calor me recorre los dedos y sube por la muñeca. Quiero apurar, pagar la cuenta, salir antes de que el pavimento quede traicionero. Lo sé porque lo anoto mentalmente. Pero la veo reír con la frente empañada por el vidrio y algo en mí afloja: hay una lógica en su desorden, una medida en su exceso. La música parece subrayarlo: no corre, no llega, solo existe.

—¿Puedo hacerte una pregunta rara? —dice de pronto, mirando el pie como si fuera un oráculo.

—Siempre puedes.

—¿Cuánto tardas en llegar a un lugar cuando ya estás pensando en el siguiente?

No contesto. Ella aprieta mis dedos por encima de la mesa con una presión breve, como quien verifica un pulso.

—No te estoy pidiendo que cambies —susurra—. Solo que me dejes sentarme contigo en el mapa. Aquí, ahora.

La lluvia se intensifica un minuto y luego empieza a ceder en diagonales lentas. El brillo de los charcos en la calle convierte la luz de neón en pedazos de fruta roja. La mesera nos deja una servilleta de más; Ellie la toma y dibuja un corazón torcido con el bolígrafo que llevaba en la bolsa. Debajo escribe «Stop counting, start tasting» y me la pasa como si firmara un armisticio. Yo no firmo, pero la doblo con cuidado y la guardo en el bolsillo de la camisa. Me mira satisfecha.

Pagamos. Mientras camino hacia la puerta, volteo para observar por última vez este lugar único. Afuera el aire huele a tierra mojada, un perfume que dura lo que dura la lluvia de verano. El asfalto brilla como un espejo, y al pisarlo siento la vibración muda de camiones que pasan lejos.

—Vamos —dice Ellie, estirando la mano hacia mí—. Sigamos antes de que la carretera se ponga celosa.

En el coche, el parabrisas recoge aún gotas rezagadas. Enciendo los limpiadores; el vaivén hipnótico deja franjas limpias por un segundo y después vuelve la textura líquida. Conduzco despacio. Ella apoya los pies descalzos sobre el asiento, mirando la ventana como si cada charco fuese un planeta. Sube el volumen del estéreo; ahora suena una cantante que arrastra las vocales como si fueran cometas.

—¿Sabes qué me gusta de ti? —pregunta, sin apartar la vista de la lluvia que queda.

—¿Debería preocuparme?

—Que intentas mantener el mundo quieto para que no me caiga encima. Y a veces funciona. —Se ríe—. Pero hoy te toca dejar que el mundo se mueva y yo te agarro fuerte.

Sonrío. No respondo. El limpiaparabrisas marca un compás que no impuse yo. Bajo un poco la velocidad. Le tomo la mano. A los lados de la carretera, los charcos espejean los postes como si fueran notas musicales. Pienso en todo lo que todavía falta por construir, en todo lo que ya se sostiene sin mi permiso. Ellie vuelve a cantar, bajito, casi para sí. Yo la escucho y, por un momento, no cuento nada. Solo manejo. El viaje continúa, la lluvia termina de rendirse, y en mi cabeza se dibuja una línea invisible entre el pay de manzana, el neón rojo y la promesa silenciosa de seguir aprendiendo a estar.

Caminamos de la mano por Bourbon Street, de noche, cuando se

145

vuelve peatonal y deja de ser calle para convertirse en río humano. El aire es espeso, húmedo, casi líquido; cada respiración arrastra olor a cerveza derramada, especias cajún y tabaco dulce. Los balcones de hierro forjado parecen sudar luces de colores, banderas colgando como piel extendida.

La calle vibra con música en todas direcciones: trompetas que estallan desde un bar, un saxofón solitario en la esquina, tambores que improvisan ritmos en el suelo. Todo se mezcla en un caos que, de algún modo, suena a armonía. Aquí parece que todo es fiesta y alegría.

Ellie sonríe como si hubiera estado aquí en otra vida. Me aprieta la mano y me arrastra hacia el centro de la multitud. Yo intento seguirle el paso, pero cada detalle me distrae: la geometría de los balcones, la simetría rota de los postes, el reflejo de los neones sobre el adoquín húmedo. Ella vive la música; yo calculo la sombra que proyecta una farola sobre los adoquines.

—Matty —me dice, girándose apenas para mirarme—, estás aquí, ¿verdad? Conmigo.

—Claro —respondo, aunque mi voz se confunde con el ruido de una trompeta desafinada.

Ella ríe y me clava la mirada como si hubiera descubierto mi distracción.

—Dime la verdad… ¿ves edificios o respiras?

No sé qué contestar. Porque en realidad hago las dos cosas al mismo tiempo: respiro geometrías, mido sombras, observo proporciones como si fueran mi oxígeno. Y, sin embargo, la escucho a ella, la siento cerca. Su risa me obliga a soltar, aunque sea un poco, las medidas invisibles que llevo dentro.

Con un tirón de la mano me mete a un bar diminuto donde un cuarteto toca jazz como si les fuera la vida en ello. El saxofón llora notas largas, la trompeta responde con estallidos cortos, el piano se desliza como un río lento y la batería sostiene todo con golpes *suaves. Las paredes sudan humedad y luz amarilla; el piso pegajoso cruje con cada paso. Ellie pide dos copas de vino barato y levanta la suya como si brindara por algo secreto.*

—Por ti, Matty. Por este viaje.

Bebo despacio. El vino sabe a hierro y a fruta cansada, pero la manera en que ella lo levanta lo convierte en algo distinto: un ritual de pertenencia. Me sonríe con los labios manchados de rojo y me toma una foto con una cámara instantánea que sacó de la nada. El flash me ciega un segundo. Ella la sacude, espera a que aparezca la imagen y la guarda como si fuera un tesoro.

—Ahora sí —dice—, ya estás aquí.

Salimos del bar y continuamos caminando por Bourbon Street: bares por donde quiera, balcones llenos de gente lanzando collares de colores, músicos improvisando en la acera. Todo es demasiado, y al mismo tiempo exacto.

Yo sigo su paso. Ella se mueve entre la multitud como si la ciudad le perteneciera. Yo, en cambio, sigo contando ventanas, midiendo balcones, observando las proporciones de los arcos. Pero esta vez lo hago sin perderle la mano.

Entramos a dos bares más, casi sin darnos cuenta. En el primero, un pequeño lugar con luz tenue, el jazz es suave, íntimo: un contrabajo que pulsa como un corazón cansado, un piano que acaricia más que toca y una voz ronca que parece haber fumado mil vidas. Ellie se apoya en la barra, mueve la cabeza con los ojos cerrados y tararea, como si la canción hubiera sido escrita para ella. Yo miro el reflejo de las luces sobre su cabello, el humo flotando en capas, la madera oscura que cruje bajo nuestros pies.

El segundo bar es lo contrario: blues energético, guitarras eléctricas que rugen, palmas que marcan el ritmo, un baterista sudando bajo el neón. La gente canta, baila y golpea el suelo con botas, y Ellie entra en el oleaje como si supiera bailar ese idioma. Yo la sigo, torpe, pero ella me toma de los hombros, me gira ape-

147

nas y ríe como si no importara que mis pasos no sigan el compás.

—¿Lo ves, Matty? —me grita al oído, entre guitarras y risas—. Aquí no hay reservaciones, no hay horarios, no hay tiempos. Aquí entras y disfrutas la música de cada bar. Eso es todo.

Yo asiento, aunque sigo contando acordes en mi cabeza, como si buscara un patrón oculto. Pero al verla saltar y reír, siento que quizá no hace falta encontrarlo. Quizá basta con estar.

Fuera del bar la calle late más fuerte. Pasamos frente a un casino gigantesco, que parece traído directamente de Roma, con sus pilares similares a los del Partenón. Ellie se detiene.

—Cinco minutos. Prometo que no más.

Antes de que pueda decir nada, ya está adentro. La encuentro en la entrada, me toma de la mano y me arrastra con entusiasmo hacia el interior. Caminamos entre pasillos interminables de máquinas tragamonedas que titilan como si fueran constelaciones de neón: luces verdes, rojas, violetas; sonidos electrónicos que chocan unos contra otros en un idioma imposible de descifrar.

Ellie ya lleva collares de colores colgando del cuello que compramos en una tiendita para divertirnos un poco, y con cada paso parece brillar más. Su piel color canela atrapa las luces del casino y las vuelve más cálidas, como si la ciudad se reflejara en ella. Su belleza es natural, pero lo que realmente atrae todas las miradas es su alegría: la forma en que disfruta estar aquí, conmigo, como si no necesitara nada más.

Me dejo llevar y sigo su paso. Se sienta en una máquina y luego en otra, jugando apenas un par de veces en cada una, riendo aunque perdamos un par de dólares en cuestión de segundos. El dinero no parece importarle; lo que la divierte es el juego mismo, la sensación de improvisar.

Al final, llegamos a un rincón donde las máquinas parecen pertenecer a otra época. Son más viejas, con botones duros y pantallas que muestran colores desteñidos, como si hubieran sobrevivido a varias generaciones de jugadores. Ellie se cruza de brazos y me mira con solemnidad fingida.

—Elige una, Matty —dice, entornando los ojos como una adivinadora de Nueva Orleans—. Siento que aquí está la suerte.

Sonrío, incrédulo, pero señalo una al azar. Ella aplaude como si hubiera descubierto un destino escrito en las cartas. Mete un billete arrugado y pulsa el botón. Tres figuras giran, se detienen con un tintineo absurdo... y la pantalla anuncia un Jackpot, ¡quinientos dólares!

Ella grita como si hubiera ganado la lotería y me abraza y me besa entre risas, atrayendo miradas curiosas.

—¡¿Viste, Matty?! Hasta la suerte me dice que disfrutes conmigo.

La noche siguió entre risas, copas y juegos. Caminamos de un lugar a otro, probamos suerte en más máquinas y brindamos con desconocidos que parecían viejos amigos. Yo, que siempre quiero tener todo bajo control, terminé arrastrado por su alegría como por una corriente imposible de resistir. Esa noche fue pura fiesta: luces, música, ruido y celebración. Una de esas noches que, aunque el recuerdo se vuelva brumoso, permanece tatuada en la memoria.

A la noche siguiente, el restaurante nos recibe con solemnidad. En el recibidor, la hostess —elegante e impecable— revisa la lista de reservaciones con una sonrisa ensayada, pero no fingida.

—Señor Prescott, su mesa está lista.

Asiento en silencio, con esa mezcla de incomodidad y orgullo que me provoca escuchar mi nombre en voz ajena, como si me perteneciera y, al mismo tiempo, no.

Ellie me aprieta la mano y avanzamos unos pasos. La primera

visión es la barra: amplia, iluminada por un candelabro central que deja destellos sobre un desfile de botellas alineadas como vitrales líquidos. Por un instante pienso en detenerme ahí, pero esta noche me acompaña alguien único y especial.

Más allá, el comedor se abre solemne: paredes altas de madera oscura, espejos inclinados que reflejan destellos dorados, lámparas de pared que vierten su luz como una caricia sobre los manteles blancos. El murmullo de voces bajas y un jazz discreto llenan el aire con un ritmo que parece invitar a bajar la guardia. La señorita nos guía hasta el rincón. La mesa más apartada, la más romántica, espera bajo una lámpara suave que dibuja un círculo íntimo dentro del gran salón.

Nos sentamos. El cuero de la silla cede bajo mi peso y siento la textura fría de la cubertería perfectamente alineada. Ellie sonríe como si el lugar fuera suyo, como si todo este escenario hubiera sido preparado para ella.

—Mira, Matty —susurra—, incluso las copas parecen bailar con la luz.

Pide un corte jugoso, con papas al gratín. Yo elijo lo mismo, porque me importa menos la comida que la forma en que ella la describe. El vino llega, oscuro, servido con ceremonia. Brindamos. Ella choca su copa contra la mía con un gesto que parece decir: estamos aquí, ahora mismo.

Conversamos sobre cosas pequeñas al principio: el viaje, la música en Bourbon Street, la tormenta breve de la tarde anterior. Pero poco a poco, entre sorbos de vino y bocados lentos, algo en mí se abre. La mesa se convierte en confidencia.

—¿Quieres saber qué sueño de verdad? —digo, casi sin pensarlo.

Ella deja la copa sobre la mesa. Me mira, atenta, como si hubiera esperado siempre esa pregunta.

Le hablo entonces. Le cuento del edificio que llevo años ima-

ginando: un espacio que respira, que no se limita a contener oficinas, sino que abrace a quienes lo habiten. Le hablo de la luz que
entra como bienvenida, del agua que calma el ruido, de los materiales que dicen la verdad de lo que son. Le hablo de pertenencia.
De cómo un lugar puede enseñarte a sentir que sí eres parte de
algo.

Le confieso que no es solo un proyecto: es la forma en que sé
expresarme, el ejemplo que quiero dejar de cómo un espacio
puede hacer que cualquiera —el que habla fuerte y el que guarda
silencio— se sienta parte de él.

Hago una pausa sin querer. El jazz sigue sonando en el fondo:
el contrabajo pulsa despacio, el piano acaricia notas sueltas, como
si la música misma acompañara mi voz. Me sorprende que todo
encaje —mis palabras torpes y ese ritmo discreto—, como si el
salón entero quisiera sostener mi confesión.

Le digo que ese edificio es un sueño que me acompaña desde
que tengo memoria, más viejo que mis planos, más profundo que
cualquier render. Que lo importante no es el vidrio ni el acero, ni
la madera, sino cumplir la promesa silenciosa que me hice de
niño: demostrar que un lugar puede abrazar a todos.

Cuando termino, ella sigue mirándome. No hay interrupción,
no hay sonrisa fácil. Solo esa mirada fija, profunda, que parece
sostenerme entero.

—Matty... —dice al fin, con la voz un poco quebrada—, no
sabes lo feliz que me hace que me muestres esto. Que me dejes
entrar.

Yo bajo la vista, incómodo, pero ella se inclina hacia adelante,
toma mi mano sobre la mesa y aprieta con fuerza.

—Siempre estoy orgullosa de ti. Pero ahora... ahora siento
que me haces parte de algo que es más grande que los dos.

No sé cómo responder. Solo asiento, tragando un nudo que
no se disuelve ni con vino.

151

Más tarde, en la habitación del hotel, la solemnidad del restaurante se transforma en juego. Ellie se quita primero el collar dorado que aún brilla en su cuello esbelto y lo deja sobre la mesa. Después, uno a uno, acomoda los collares de colores que quedaban del día anterior, ahora convertidos en recuerdos de una fiesta lejana. Su vestido elegante se desliza con naturalidad para dar paso a una pijama ligera, suave, que parece hecha para una noche distinta: más íntima, más lenta, tan romántica como la cena que acabamos de vivir.

Se recuesta en la cama riendo, pero su risa ya no es bulliciosa como en la calle; ahora suena como un susurro que ilumina la habitación sin encandilar.

Se estira suavemente al buró para tomar su bolso y saca un bolígrafo, toma lo primero que tiene a mano: una servilleta del hotel. Se sienta en el borde de la cama, escribe rápido, doblando la servilleta como si guardara un secreto.

—Listo —dice, entregándomela con gesto solemne y ojos brillantes.

La despliego. La tinta azul brilla aún húmeda:

«Matty, siempre estoy tan orgullosa de ti, y hoy me siento feliz de que me hagas parte de tus sueños.
Tu Ellie.»

Me quedo en silencio, con la servilleta entre las manos. El papel áspero me raspa apenas la piel, pero lo que siento es ternura, un calor extraño en el pecho. Ella me mira esperando reacción, pero yo solo la abrazo, la sostengo, como si el mundo entero cupiera *en ese gesto.*

La servilleta queda doblada en el buró, bajo la luz suave de la lámpara que parece enmarcarla. Ellie se acomoda a mi lado, su respiración tranquila mece el aire como un arrullo. Apago la luz y cierro los ojos, sabiendo que esa pequeña hoja de papel guardará para siempre lo que no supe decir en voz alta.

Esa noche no hubo cálculos ni planos. Solo la certeza de que, al menos una vez, alguien me vio y me quiso por completo, sin esperar nada.

El aire acondicionado zumba de nuevo en mi oficina. Abro los ojos: no hay jazz, no hay collares, no hay Ellie riendo en una cama de hotel. Solo el resplandor blanco de la pantalla en pausa y la servilleta en mis manos, más frágil de lo que recordaba, pero aún intacta. El logo del hotel está casi borrado, la tinta azul se ha deslavado en los bordes, pero las palabras siguen ahí, tercas, como si se negaran a cederle terreno al tiempo.

Respiro hondo. Pienso en todo lo que he perdido, en todo lo que no supe sostener. Pero también en esto: en que no todo se perdió. En que hubo noches donde no conté ventanas ni repasé cálculos, donde simplemente estuve. Y eso, aunque ahora parezca lejano, sigue existiendo.

Doblo la servilleta con cuidado, como si fuera un objeto frágil que guarda más vida de la que aparenta, y la dejo dentro de un cajón del escritorio. El sonido al cerrarlo es breve, definitivo, como un pacto silencioso con la memoria.

Me quedo un momento mirando la superficie vacía del escritorio. Siento la necesidad de escribir, de fijar en palabras lo que todavía late. La libreta está en casa, esperándome como siempre, pero no quiero esperar. Tomo una hoja en blanco de la impresora, la coloco frente a mí y escribo despacio, como si cada trazo necesitara respirar:

> *«Hoy entendí que he tenido muchos momentos felices. No todos se quedaron, pero algunos siguen aquí. No necesito más que eso para saber que valió la pena.»*

Doblo la hoja con el mismo cuidado con que doblé la servilleta. Esta la guardo en la bolsa de mi camisa para llevármela a casa y transcribirla en la libreta, donde todas mis memorias encuentran su lugar verdadero.

Apoyo la frente en mis manos un instante. El zumbido de la oficina vuelve a llenar el aire. Pero algo dentro de mí está en calma: sé que todavía hay piezas de mi vida que nadie me puede quitar.

Alzo la vista. La lámpara del escritorio sigue encendida y la pantalla de la computadora lleva rato dormida, como si el tiempo hubiera pasado en silencio. No sé cuánto tiempo estuve perdido en el recuerdo; solo sé que la noche ya pesa afuera. Me levanto despacio, tomo las llaves, apago las luces. Es hora de volver a casa. Toby me espera. Y yo, al fin, también necesito descansar.

9 En el límite

«Mi ansiedad no proviene de pensar en el futuro,
sino de querer controlarlo.»
— Hugh Prather, Palabras a Mi Mismo

El sol de la mañana golpea con fuerza las láminas de acero y rebota en destellos que me obligan a entrecerrar los ojos. El aire huele a mezcla de polvo, cemento fresco y sudor de cuadrilla. Con cada paso que doy, la grava suelta cruje bajo mis pies, y los ruidos se superponen sin tregua: el golpe de un martillo neumático, las órdenes gritadas a distancia, el zumbido de una grúa que gira con lentitud casi coreográfica.

Camino despacio por el perímetro de la obra, con casco blanco, iPad en mano y planos bajo el brazo. Tengo dos semanas sin venir, pero cada visita me exige atención total. Aquí, nada puede ser un descuido: cada junta, cada ángulo, cada medida debe estar exacta. Y aunque confío en mi equipo, siento que, si no miro con mis propios ojos, algo podría salirse del carril sin que nadie lo note.

Los ingenieros me rodean con sus comentarios técnicos:

—La cimentación del ala norte está lista para colar el viernes.

—Estamos ajustando las instalaciones eléctricas; el proveedor dice que llega mañana.

—El elevador principal ya está en pruebas.

Asiento, hago preguntas, tomo notas en los márgenes de los planos. A veces no respondo de inmediato: me quedo observando

un punto fijo —una columna, una soldadura, un cable colgando—
como si ese detalle contuviera la respuesta a todo.

Los técnicos parecen agradecidos de que esté aquí. Me lo dicen
con gestos, con un apretón de manos más firme de lo habitual, con
la manera en que me llaman «arquitecto» con un respeto que no
suena forzado. Sé que para ellos mi presencia significa que lo que
hacen importa, que alguien conecta las piezas pequeñas con el sueño grande.

Subo las escaleras metálicas que todavía no tienen barandal.
Cada peldaño vibra apenas con mi peso y deja escapar un chirrido
metálico. Me aferro a la tablilla de los planos contra el pecho, como
si pudiera protegerme con ella. Al llegar al segundo nivel, me detengo.

Desde aquí, el esqueleto del edificio se abre en corredores de
concreto gris. Todavía son solo muros desnudos, huecos que esperan puertas, ventanas sin cristal, pero en mi cabeza ya viven. Veo el
pasillo iluminado por la mañana, la gente entrando con carpetas
bajo el brazo, saludándose con prisa. Veo las salas abiertas, la luz
natural entrando en diagonales exactas que dibujé hace meses. El
polvo actual se convierte, en mi imaginación, en aire fresco filtrado
por sombras.

Camino más despacio, dejando que los espacios me hablen.
Cada ángulo, cada vano, cada muro parece susurrar: ya estoy aquí,
apenas en huesos, pero aquí.

Subo al tercer piso. El aire se siente más pesado, como si el sol
hubiera atrapado calor entre los muros sin acabado. Desde este
punto puedo ver más allá: la ciudad extendida al fondo, el tráfico
como una corriente lejana, los edificios vecinos reflejando destellos
de vidrio. Me apoyo contra un marco metálico y cierro los ojos un
instante. Imaginé este mismo ángulo hace años, en un render que

parecía un sueño imposible. Ahora está aquí, incompleto, pero creciendo.

Recorro la línea de oficinas que se dibuja en mi mente. Donde ahora hay polvo y eco, escucho pasos apresurados, voces mezcladas, el zumbido lejano de computadoras. Donde hay huecos de concreto, imagino vidrio que deja entrar la tarde sin encandilar. Donde hay andamios, imagino plantas trepando muros, sombras suaves que suavizan las aristas.

No hablo. Solo camino. Es como si el edificio respirara conmigo, cada piso más alto, cada escalera un pulso nuevo. A veces toco el concreto con la mano, la rugosidad áspera que pronto será lisa. Otras veces miro hacia arriba, siguiendo el acero que se extiende hasta perderse en la claridad.

Es mi sueño dibujándose poco a poco. Y, al mismo tiempo, es un monstruo que crece más rápido de lo que puedo abrazar.

Llego a la azotea. El viento pega más fuerte aquí arriba, cargado de polvo y olor a soldadura. No hay barandales aún, solo placas de concreto y acero que se asoman al vacío. Desde este punto, el edificio parece flotar sobre la ciudad. Puedo ver el horizonte abierto, las avenidas extendiéndose como venas, el sol rebotando en torres lejanas. Todo está a medio hacer, y aun así ya transmite grandeza: un esqueleto que anuncia la piel que vendrá.

Me quedo quieto unos segundos. Cierro los ojos y el ruido de taladros y martillos se transforma en lo que imagino: pasos, conversaciones, el murmullo de un edificio vivo. Pienso que algún día alguien se detendrá aquí arriba, sin conocer mi nombre, y mirará la ciudad con la misma sensación de pertenecer. Ese pensamiento me golpea y me sostiene a la vez.

Regreso abajo disfrutando la caminata, sintiendo como si ya fuera un espacio real, funcional, lleno de gente. Camino al patio central que pronto será el lobby. Aquí el ruido regresa multiplicado: los gritos de la cuadrilla, el retumbar del concreto vertiéndose, el golpeteo de varillas alineadas. Camino entre montones de grava y estructuras temporales, cuidando dónde pongo los pies.

Un ingeniero joven me explica algo sobre la losa principal:

—Si logramos colar esta parte antes del viernes, el resto de los niveles no tendrá retraso —dice, señalando con la tablilla en la mano.

Lo escucho con atención, asiento, pregunto por detalles mínimos: la resistencia del concreto, el curado, los plazos de secado. Mientras tanto, observo cómo la luz entra en ángulo desde la parte superior y se abre como abanico en el suelo de grava. En mi cabeza ya no es solo un patio vacío: es un lobby lleno de voces, con agua corriendo en un muro, con pasos resonando sobre el mármol.

Sigo el trazo del patio central y lo recorro como si ya estuviera abierto al público, pero lo que tengo delante es obra negra: muros desnudos con el alma de los castillos todavía a la vista, cimbras apiladas en un costado, charolas de cable sujetas con alambre provisional, ductos de aire tapados con plástico negro, tuberías rojas y azules que asoman como venas sin piel. El piso es una plancha de concreto rayado, con grietas superficiales que esperan el mármol; aquí y allá, marcas en aerosol indican nivel, eje, corte. Bajo la claraboya aún sin vidrio, la luz cae en un rectángulo perfecto sobre la grava: parece un ensayo de las sombras que, algún día, van a suavizar la temperatura del lobby.

Me detengo donde tendrá que ir el espejo de agua. Ahora es un cajón de block sin recubrimiento, con el registro abierto y la tubería expuesta. Me agacho y paso la mano por el borde: rugoso, poroso, esperando la piedra. En mi cabeza ya escucho el sonido del agua deslizándose; en la realidad solo suena el vibrador del concreto en la esquina opuesta. A un lado, el hueco de la recepción es un simple quiebre de muro con un tablero temporal y un plomo colgando. Imagino la cubierta de mármol, el mostrador de madera, que no intenta más que ser lo que es, la brisa fresca del HVAC empujando el calor hacia arriba.

Sigo caminando; mi mente no descansa. Reviso mentalmente la secuencia: colado de losa —siete días de curado, mínimo—, luego resanes, luego pulido, nivelación fina, instalación de pisos. Plazos. El cristal de la claraboya está en fabricación; cualquier retraso del templado nos roba tres días. Las luminarias del lobby deben probarse antes del recubrimiento final, porque si no, reventamos el acabado. Los árboles de instalaciones parecen limpios, pero si la charola principal no queda libre para mantenimiento, en dos años tendremos un dolor de cabeza. Retrasos potenciales.

Un ingeniero se me acerca con el plano de mecánicas en la tableta.

—Arquitecto, el equipo principal de aire del lobby llega el lunes. Si aprobamos hoy el soporte, mañana fabrican y montamos el viernes.

Asiento y señalo el claro:

—Quiero que el soporte quede oculto en el plinto. Revisa la altura: necesito 4.20 m libres terminados. Y, por favor, confirma que la rejilla lineal no quede en eje con la junta del piso; prefiero romper modulación arriba antes que abajo.

—Listo —dice, tomando nota.

Sigo. En la parte poniente, el muro cortina apenas es un marco metálico con aislante expuesto. Lo imagino como una superficie de vidrio bajo emisivo, filtrando el sol de la tarde. Pero mi cabeza ya está con el proveedor: tiempos de entrega, calibración de herrajes, tolerancias. Si el sellador estructural no cura en línea, perdemos media semana. Si el mármol no llega con el espesor correcto, habrá que remaquinar piezas y la modulación del zócalo se nos viene abajo. Plazos, plazos. Un supervisor me saluda con la cabeza; devuelvo el gesto y le pido que protejan con triplay el paso de carretillas por donde irá la piedra. No quiero aristas dañadas en ningún lugar.

Me asomo al hueco de la escalera. Es un caracol de concreto con escalones ásperos. En mi mente ya tiene una piel de madera cálida y una línea de luz que corre por debajo de la huella, como una guía discreta. Anoto en el iPad: «verificar uniformidad de luz — no hot spots». Y de inmediato se encadena otro pensamiento: control DALI, escenas preconfiguradas, pruebas nocturnas. ¿Alcanzará una noche? ¿Dos? Colchón de una semana… ¿y si se nos va en pruebas?

Me detengo bajo la abertura superior. La luz entra oblicua y se abre como abanico sobre el suelo de grava. Por un momento, el futuro y el presente se superponen: escucho voces que hacen eco y el chapoteo suave del agua contra la piedra; siento la frescura del aire limpio moviéndose sin violencia; veo sombras afinadas como una partitura sobre el piso pulido. Parpadeo y vuelvo a la obra: polvo en suspensión, un carrito con sacos de cemento, el golpe hueco de una cubeta cayendo. Y otra vez, sin querer, la mente se adelanta: entregas, pruebas, resanes, herrajes, juntas, listas, checklist.

—Arquitecto —me llama un instalador desde un andamio—, ¿la charola principal del lobby va a subir por aquí o prefiere el paso perimetral?

—Perimetral —respondo—. Y deja registro accesible detrás del plafón, no quiero romper nada si algún día se tiene que cambiar un tramo.

Sigo el recorrido, más lento, como si con cada paso quisiera atornillar el tiempo a mi favor. Sé que el equipo confía, sé que estamos dentro del programa. Pero, por dentro, otra voz insiste en contar lo que puede fallar. Miro el reloj. Falta menos. El sueño se está dibujando frente a mí, piso a piso, y al mismo tiempo siento que crece más deprisa de lo que mis manos alcanzan a sujetarlo. La obra sigue su concierto de golpes y grúas. Yo camino, observo, anoto.

Y, sin decirlo en voz alta, empiezo a sentir la cuerda tensarse.

Me corre el sudor por la frente. Respiro profundamente, pero no alcanzo a tranquilizarme. Y como recuerdo, aquella vez en la universidad, cuando algo que no está en mis manos puede fallar, siento que el mundo se viene abajo.

El reloj de pared marcaba las 8:15 cuando crucé la puerta del aula de proyectos con el plano bajo el brazo. Todavía estaba tibio, recién salido de la impresora; el olor a tinta fresca se mezclaba con el del café frío que llevaba en la otra mano. Corrí hasta la mesa de entrega, pero la fila ya se había cerrado.

El murmullo de los demás se detuvo apenas lo suficiente para que sintiera todas las miradas en la nuca: cuchicheos rápidos, alguna risa burlona, ese silencio denso que suena más fuerte que cualquier ruido. La piel me ardía como si las miradas fueran lámparas encendidas sobre mí. Sentí el plano, grueso y rígido, empezar a pesar el doble en mis manos sudorosas. Quise avanzar, pero era como caminar en un pasillo de vidrio, con todos observando cada paso.

Me vi en el reflejo de la ventana: camisa arrugada, cuello húmedo, ojeras profundas de tres noches sin dormir. Los dedos manchados de grafito habían dejado huellas oscuras en el papel blanco, como evidencia de la desesperación. No era descuido, era desgaste. Me había matado midiendo cada línea, afinando cada ángulo, revisando escalas una y otra vez. Y, sin embargo, nada importaba: la imprenta tardó media hora más de lo prome-

161

tido y todo se vino abajo.

El profesor, un hombre alto con gafas cuadradas y una voz que nunca subía el volumen, me miró por encima de los lentes. No gritó, no discutió. Solo dijo, con esa calma que pesa más que cualquier grito:

—La arquitectura no perdona excusas.

La frase cayó como un bloque de concreto. Sentí que la sangre se me agolpaba en la cara. Apreté los labios para no temblar. Mis ojos buscaban un sitio donde mirar sin ser mirado, pero solo había pupitres llenos de compañeros que evitaban mirarme o me observaban con un brillo incómodo en los ojos. El papel del plano crujía entre mis dedos, como si también él se quejara de estar allí, ignorado.

El zumbido de las lámparas era un pitido agudo, las voces lejanas se mezclaban en un murmullo hiriente, incluso el golpe de mi corazón resonaba más alto que todo lo demás. Era invisible y, al mismo tiempo, estaba expuesto en el centro de una escena que no podía detener.

El profesor hojeó mi entrega tarde, con el ceño apretado, pero después levantó la vista. Recuerdo perfectamente sus palabras:

—Es un gran proyecto, Prescott. Está impecablemente trabajado. Pero las reglas son claras: la entrega era antes de las 8:00.

Lo dijo sin dureza, casi con pesar, y aun así el cero escrito en la hoja me ardió más que cualquier regaño. Todo el semestre había girado en torno a ese proyecto: las horas de investigación en la biblioteca, los trazos a mano hasta que el papel quedaba gris de tanto borrador, las maquetas hechas a la madrugada con olor a pegamento. Cada línea había sido pensada y cuidada, y sin embargo todo se derrumbó porque la imprenta no cumplió su parte.

Recuerdo la impotencia exacta: la fila en el mostrador, el empleado encogiéndose de hombros mientras decía con indiferencia:

—*Todavía no está listo, joven. La máquina se atoró, pero ya casi.*

«Ya casi» eran minutos para él, pero para mí eran la diferencia entre sostener o perder un semestre entero. Yo había entregado el archivo desde un día antes, con la indicación clara de que estaría impreso a las 7:30 en punto. Lo tenía todo calculado —tiempos, márgenes, pruebas—, y aun así dependía de alguien que no parecía comprender lo que significaba. Esa sensación de que mi esfuerzo, mi disciplina, mi obsesión entera podía ser borrada por la impuntualidad de otro me hizo sentir una rabia fría que aún hoy se me clava en el estómago.

Ese día entendí que no bastaba con hacer las cosas bien: había que asegurarse de que nada ni nadie tuviera en sus manos el último control. Fue una lección cruel, una que me acompañó desde entonces como una sombra.

Estuve a punto de reprobar la materia. Aprobé por un pelo gracias a los trabajos anteriores, pero lo que quedó no fue la calificación: fue la frase tatuada en mi cabeza. Me juré que nunca más un retraso, aunque no fuera mío, iba a definirme.

Pero ya no estoy en la universidad, ahora soy responsable de muchos proyectos que se edifican en espacios habitables. Sigo en el lobby en obra negra, pensativo, nervioso, rodeado de polvo, con voces que se mezclan en órdenes y ruidos metálicos. Y, sin embargo, la sensación es la misma: que todo pende de un hilo delgado, que cualquier error —aunque no sea mío— puede tirar abajo meses de trabajo.

El corazón me late demasiado rápido. Intento respirar hondo, pero el aire se corta antes de llegar al fondo de mis pulmones. La camisa se pega a mi espalda con un sudor frío, mientras las manos me tiemblan apenas, lo suficiente para que deba sostener los planos con más fuerza de la necesaria.

Trato de controlarlo contando en silencio: uno, dos, tres, cuatro. Pero la cuenta se me escapa, como si los números fueran peces que no logro retener entre los dedos. La ansiedad me muerde desde dentro; lo que más me aterra no es el error en sí, sino esta sensación de que pierdo el control.

Me alejo unos pasos del grupo de ingenieros. Camino hacia un rincón donde las sombras son más densas y el ruido baja un poco. Me recargo contra una columna de concreto todavía sin acabado y cierro los ojos. Siento que estoy a punto de quebrarme.

Saco el teléfono. Tecleo un mensaje corto, casi con rabia contenida:

«Estoy a punto de explotar.»

No lo pienso demasiado antes de enviarlo. La pantalla se queda en blanco unos segundos que parecen eternos. Siento el pulso en las sienes, cada latido empuja la espera como si fueran golpes sordos.

El ruido de la obra sigue igual —martillos, voces, chispas de soldadura—, pero yo me quedo suspendido en ese instante, solo con el eco de mis pensamientos flotando en el aire.

El celular vibra. Allison responde:

«Matt, ¿estás en la obra, verdad? No te muevas, estoy cerca. Voy para allá.»

Guardo el teléfono en el bolsillo, pero sus palabras siguen brillando en mi mente como si aún estuvieran en la pantalla. Me quedo quieto, apoyado contra la columna de concreto, escuchando el eco de la obra: martillazos, voces que dan órdenes, el rechinido metálico de una polea. Todo me parece distante, como si lo observara desde el fondo de un túnel.

Respiro, pero el aire no alcanza. Paso la mano por el borde áspero de la columna: el polvo se pega en mis dedos, me deja una mancha gris. Contar no funciona, moverme tampoco. Solo espero.

Unos minutos después la veo venir, con casco y chaleco, caminando con firmeza entre la grava y los charcos de agua seca. No pregunta nada; no hace falta. Se acerca directo y me pone una mano en el brazo.

—Vamos al tráiler, Matt. Ahí podemos hablar tranquilos.

El tráiler huele a café viejo y a aire húmedo, como cualquier oficina de obra. Allison abre la puerta primero, y con una mirada breve despeja la pequeña sala de juntas donde suelen apretarse planos y discusiones. Un par de ingenieros que estaban ahí entienden de inmediato: recogen sus cosas y salen sin decir palabra.

—Tráenos dos botellas de agua fría, por favor —le pide a la recepcionista, que asiente rápido antes de desaparecer.

Me siento en una de las sillas metálicas, la espalda rígida, los planos aún doblados contra mi pecho como si fueran un escudo. Allison deja su casco sobre la mesa, se arremanga la camisa y se acomoda frente a mí. No dice nada todavía. Solo me observa, con esa mezcla de firmeza y paciencia que me resulta insoportable y necesaria al mismo tiempo.

La recepcionista regresa unos instantes después. Camina despacio, como si sus pisadas no quisieran hacer ruido para no molestar a nadie. Nos entrega las botellas, primero a Allison, luego a mí, y sale de la sala cerrando la puerta con tanta suavidad que, por un segundo, parecería que nunca se cerró   si no fuera porque el ruido de la obra quedó apagado de golpe.

Ella abre la botella, le da un trago y me mira fijo.

—Matt, si sigues con esta cuerda tensada, se va a romper. Y no quiero estar aquí para recogerte en pedazos.

Abro la mía con torpeza; el plástico cruje demasiado fuerte en mis manos. Bebo un trago largo. El agua está fría, baja por mi garganta y se queda suspendida en el estómago como un peso quieto. Dejo que sus palabras hagan eco mientras me seco la boca con el dorso de la mano.

—Es que… —empiezo, y la voz me tiembla más de lo que quiero—. Todo puede fallar, Allison. Todo. Un retraso, una entrega mal, un cálculo que no revisamos lo suficiente. ¿Sabes lo que es tener en la cabeza todos los escenarios posibles al mismo tiempo? Es como caminar sobre vidrio: cada paso pienso que va a tronar.

Ella no interrumpe. Apoya los codos sobre la mesa y entrelaza los dedos, esperando. Esa paciencia suya no es pasiva: es la forma más incómoda de escuchar, porque me obliga a vaciarlo todo.

—Siento que no me alcanza el tiempo, aunque en los reportes digan que sí. Siento que la inauguración es mañana y que nadie más lo ve. Que si me distraigo un minuto, todo se derrumba… y va a ser mi culpa.

Por fin habla, con ese tono suyo que mezcla calma con filo.

—Lo que me cuentas no es el proyecto, Matt. Es tu cabeza.

Se inclina hacia adelante y coloca el iPad en medio de la mesa, despacio, como si estuviera dejando una carta importante en un juego que ninguno de los dos puede abandonar. No me lo empuja ni lo gira de golpe; lo acomoda con cuidado, como si supiera que la sola forma de mover un objeto puede calmar o agitar.

—Míralo conmigo —dice, casi en un susurro.

La pantalla ilumina el espacio pequeño de la sala con un resplandor frío. Ella pasa una página, luego otra. No hay prisa. Cada movimiento de su dedo sobre el cristal parece pensado para darme tiempo a respirar.

—Colado de losa: viernes —murmura, marcando con la yema del dedo la línea azul que cruza el calendario.

Pausa. Me da espacio para mirarlo, para asimilarlo.

—Montaje de elevadores: en curso. —Otra pausa—. Instalaciones mecánicas: llegan lunes.

Levanta apenas la vista para confirmar que la sigo. Su mirada no me exige nada; solo acompaña.

—Y el mármol ya está en producción. El embarque de cristal está confirmado —añade. Después deja que el silencio caiga un instante, como si quisiera comprobar que esas palabras encuentran lugar en mi cabeza.

Yo sigo la línea de colores en la pantalla. El calendario parece ordenado, sereno, como una partitura escrita con precisión. Mi respiración sigue algo agitada, pero ya no choca con tanto ruido; hay un compás en esas fechas, una cadencia que ella me obliga a mirar.

—Matt... —dice finalmente—, no estamos corriendo detrás del tiempo. Lo llevamos con nosotros.

Apoya el dedo en un bloque más al fondo de la agenda, lo sostiene ahí unos segundos.

—¿Ves esto? —me pregunta, sin apartar la vista del iPad—. Es una semana entera libre antes de la inauguración. Una semana completa solo para imprevistos.

La palabra «imprevistos» me tensa de inmediato. Ella lo percibe. No retira la mano del calendario; la deja fija.

—Eso no es una amenaza —continúa, con voz lenta, casi envolvente—. Es un regalo. Significa que si algo falla, tenemos margen. No estás solo contra el reloj.

Siento la botella fría entre mis manos. La aprieto, la giro, como si necesitara un objeto tangible. Doy otro trago. El agua me ayuda a tragar el nudo que aún no desaparece.

Ella me observa sin prisa. Da también un sorbo, deja la botella sobre la mesa con suavidad y apoya el codo en el respaldo de su silla. Parece completamente dueña del momento, como si supiera que lo único que necesito es que alguien respire más despacio para que yo recuerde cómo hacerlo.

—No necesitas sostenerlo todo con tu espalda, Matt —dice al fin, con una claridad que no admite réplica—. Aquí hay un equipo.

Las palabras flotan en el aire un instante, suaves pero firmes, como un martillo envuelto en terciopelo. Y en ese silencio después de escucharlas, noto que mi pecho se abre un poco más. Respiro, esta vez más hondo. No es alivio completo, pero es el inicio de algo.

Las palabras de Allison siguen flotando: «Aquí hay un equipo.» Yo asiento, aunque despacio, como si necesitara darle espacio a cada sílaba para que se acomode en mi cabeza. Respiro más hondo esta vez. El aire ya no se corta en la mitad del pecho; llega un poco más abajo, lo suficiente para que los hombros bajen apenas.

No añade nada enseguida. Me da unos segundos que parecen eternos, segundos en los que el silencio no pesa, sino que descansa. Solo se escucha el aire acondicionado del tráiler, el ruido constante que antes me resultaba molesto y que ahora se convierte en fondo neutro.

—Mírame, Matt —dice, al fin.

Levanto la vista. Sus ojos están firmes, pero no duros. Me sostienen sin exigirme.

—Todo lo que estás sintiendo es real. No te lo voy a quitar con frases vacías. Pero quiero que veas algo: el edificio no depende de un hilo delgado, depende de cientos de manos que trabajan contigo. Y esas manos no se borran porque tú estés cansado.

Cierro los ojos un instante. Visualizo lo que dice: cuadrillas enteras vertiendo concreto, ingenieros revisando planos, instaladores colocando ductos, todos repitiendo sus movimientos una y otra vez con una precisión que, hasta ahora, solo me parecía limitado. Pero en su voz se vuelve algo más: una coreografía que no necesita mi vigilancia constante.

El aire frío de la botella me humedece las palmas. Bebo otro trago. Esta vez no es solo para tragar un nudo; es para sentir que algo se enfría dentro de mí.

Allison recoge el iPad y lo deja a un costado, como si cerrara la escena.

—Podemos revisar el programa completo otra vez, si quieres. Pero el resultado será el mismo: hay margen. Hay orden. Y hay confianza.

Hace una pausa.

—Lo que no hay es necesidad de que te destruyas en el camino.

La frase me golpea con suavidad, como una ola que no tumba pero moja hasta los huesos. Apoyo la espalda en la silla. Por primera vez desde que entramos, mis manos sueltan los planos. Los dejo sobre la mesa, abiertos, como si también ellos respiraran.

Lo nota y asiente apenas, satisfecha. No sonríe con triunfo, sino con calma. Da un último sorbo de su botella, la tapa y la rueda entre las palmas como si marcara un compás invisible.

—Así está mejor —susurra.

Y yo asiento otra vez, más fácil esta vez, como quien se permite descansar en un sillón después de un día demasiado largo.

Allison se levanta, recoge su casco de la mesa y me mira con una media sonrisa.

—Vamos, Matt. Te invito a comer.

—¿A dónde? —pregunto, todavía con la voz un poco áspera.

—Hay un lugar de hamburguesas muy cerca que se te va a encantar. Y tienes suerte… es mi favorito. —Me guiña un ojo y ya va caminando hacia la puerta antes de que pueda negarme.

El restaurante huele a pan recién horneado y a carne al grill, ese aroma profundo que abre el apetito sin saturar. Las mesas son de madera clara, pulidas hasta reflejar la luz cálida de las lámparas colgantes. En las paredes, fotografías en blanco y negro de paisajes texanos y detalles arquitectónicos conviven con discretos letreros de neón enmarcados, más decorativos que estridentes. El suelo, impecable, brilla bajo el tránsito constante de meseros que se mueven con una eficiencia casi coreográfica.

El lugar respira orden y cuidado, con una atmósfera que invita a relajarse: un espacio diseñado para que lo cotidiano —una hamburguesa, unas papas fritas— se sienta especial. Nos sentamos en un rincón junto a la ventana, desde donde se filtra la vida de la ciudad, aunque aquí dentro todo parece distinto: más pausado, más amable.

Entiendo por qué a Alli le gusta venir aquí. Todo está en su sitio, sin exageraciones, con ese balance entre orden y calidez que tanto la define.

Un mesero joven se acerca con una libreta en la mano y una sonrisa medida. Antes de que yo diga nada, Allison toma la iniciativa:

—Dos Coca-Light y dos hamburguesas especiales de la casa, por favor.

Asiento apenas, sorprendido, y cuando el mesero se aleja no puedo evitar mirarla con una ceja arqueada.

—¿Pediste por mí?

Ella se inclina hacia adelante, con esa chispa juguetona en los ojos.

—Matt. —me voltea a ver juiciosa, con una sonrisa pícara—. Te vas a sorprender.

El mesero regresa al poco tiempo con dos bandejas que parecen más pesadas de lo que deberían. Frente a mí coloca una hamburguesa descomunal: el pan brioche brilla como recién barnizado, la carne rebosa jugo que se escurre en los bordes, y una pequeña estaca coronada con una banderita de Texas sujeta todo como si evitara un colapso estructural. El queso cheddar en dos rebanadas se está derritiendo y el tocino jugoso hace que ya quiera dar la primera mordida. A un lado, una montaña de papas doradas que «chisporrotean» todavía, tan crujientes que el aire parece morderlas antes que yo. Son demasiadas, pienso, casi un exceso calculado para que nadie pueda terminarlas.

Ambos comenzamos a disfrutar de la hamburguesa en silencio, como si cada mordida bastara como conversación por sí misma. El queso se estira, las papas crujen, y por un momento no existe nada más que el sabor.

Pero Allison, incluso con la boca medio llena, siempre encuentra espacio para sorprender.

—Dime, ¿y cuándo piensas volver a salir con alguien?

La pregunta me agarra justo a media mordida. Tosí apenas, tratando de no atragantarme, y ella estalla en una risa clara.

—¿Qué? —digo, limpiándome con la servilleta—. ¿De dónde salió eso?

—De mi infinita sabiduría —responde, encogiéndose de hombros—. Y de que te vendría bien algo más que planos y checklists.

Resoplo, pero ella insiste.

—Anda, cuéntame. ¿Qué pasó con aquella que quería organizarte la vida como si fueras un calendario viviente?

Me río, a pesar de mí mismo.

—Demasiado control. Yo ya tengo mis propios cronogramas, no necesito un supervisor extra en casa.

—Bien dicho —responde, levantando la mano para chocar la mía—. La siguiente... la de espíritu libre.

—Esa fue... imposible. —Hago un gesto de rendición—. Era como perseguir un avión de papel en un huracán. Yo hacía planes, ella los cambiaba a la mitad. No había forma de seguirle el ritmo.

—Eso suena a que se divertía mucho más que tú.

—Exacto. —Sonrío torcido—. No era fallo estructural, solo incompatibilidad de diseño.

Allison se ríe tan fuerte que la gente de la mesa de al lado voltea.

—Eres el único que convierte el amor en cálculo estructural, Matt.

—Bueno, es lo que sé hacer.

Allison aún sonríe, pero esta vez baja un poco la voz. Me observa un segundo más de lo necesario, como si buscara un resquicio detrás de mi broma.

—¿Y Elena?

La pregunta me toma por sorpresa. El aire se me queda en la garganta, como si la hamburguesa hubiera dejado de pasar. No lo esperaba de ella, no tan directo, no con ese nombre.

—¡Ahora sí me tomaste por sorpresa! —exclamo al fin, dejando lo que queda de la hamburguesa en el plato. Suspiro, miro la ventana, cualquier cosa que no sea su mirada fija en mí—. Ella era todo lo que podía pedir en una mujer... y lo estropeé.

Allison no desvía la mirada, ni suaviza el golpe.

—Matt… a veces no se trata de estropear. Se trata de aprender.

El ruido del restaurante sigue igual: platos chocando, alguien riendo en otra mesa, la música suave de fondo. Pero sus palabras me llegan más claras que todo eso.

—Sabes… yo creo que sí has cambiado. Antes no te veía capaz de sostener una relación. Ahora sí.

—¿Y por qué dices eso?

—Porque antes solo sobrevivías en tu cabeza. Ahora, aunque todavía te pierdes, al menos vuelves. —Hace un gesto hacia mí con las manos abiertas—. Como hoy.

Me quedo en silencio, mirando el vaso empañado sobre la mesa. Ella continúa, esta vez más suave:

—Yo también peleo con esas cosas. Con mi novio… somos jóvenes, aún no pensamos en casarnos, pero igual tenemos nuestros problemas: celos tontos, horarios que no cuadran, discusiones por cosas mínimas. No es perfecto. Ninguna pareja lo es.

Suspira, pero su sonrisa no desaparece, apenas se curva con ternura.

—El amor no es perfección, Matt. Es intentarlo una y otra vez. Es levantarse junto a alguien y poder decir: sigo aquí.

Sus palabras se quedan flotando entre nosotros. Yo asiento despacio, como si necesitara espacio para que entren de verdad.

Ella da un último mordisco a su hamburguesa, se limpia con la servilleta y me señala con ella, como subrayando su punto.

—Y tú también mereces intentarlo. No eres el mismo de antes. Créeme.

La plática fue tan cómoda que perdí la noción del tiempo, no había prisa. Cuando terminamos la hamburguesa pedimos café, y en la calidez de ese segundo tiempo la conversación se volvió aún más cercana.

Allison me habló de su vida con la naturalidad que pocas veces deja salir. Me contó de su novio, de sus planes y de sus miedos, de cómo a veces imagina un futuro distinto y después regresa a lo que tiene porque ahí se siente en paz.

Me habló de sus sueños, de lo feliz que está de ser parte de Divergent Holdings, de lo mucho que ha aprendido y de lo orgullosa que está de mí.

La escuché con la certeza de que, en ese momento, no era la Allison profesional que sostiene la estructura del día a día, sino la Allison personal, la que confía, la que se permite ser solo ella. Lo nuestro no es solamente profesional, ni de amistad, ni simple admiración: es más bien la certeza de querer verla crecer sin que nada la lastime, como si, de algún modo, la vida misma me hubiera encargado cuidarla. Aunque parezca que ella me cuida a mí.

Y entiendo lo que ella quiso decirme hace un rato. Antes no habría estado aquí del todo; me habría perdido en mis cálculos, buscando excusas para huir. Ahora no. Ahora puedo sentarme, compartir una mesa, reír sin prisa. Ya no vivo solo en mi cabeza: tengo amistades, puedo convivir, incluso aprender de alguien más. Aunque todavía me cueste, aunque todavía me pierda, ahora sé volver.

Allison me lleva de regreso a la obra en su camioneta. El trayecto es corto, pero justo para que el silencio entre los dos se sienta cómodo, como si las palabras ya hubieran hecho su trabajo. El sol comienza a caer y la ciudad se tiñe de un naranja profundo que vuelve todo más lento. Al llegar, el lugar ya no es el hervidero de la mañana: apenas unos trabajadores guardan herramientas, el eco de un martillo perdido se apaga en el aire y las grúas están quietas, recortadas contra el cielo encendido.

Nos detenemos junto al tráiler. Allison coloca la marcha en «P» y se vuelve hacia mí con una sonrisa tranquila.

—Nos vemos mañana, Matt. Descansa.

Asiento. No digo mucho, pero le agradezco para no quedarme con esa sensación extraña de ingratitud. Es como si me hubiera prestado un poco de su calma para seguir adelante. Ella me da una palmada breve en el hombro, me bajo del asiento, cierro la puerta con suavidad y veo cómo Allison arranca y me deja solo en la obra.

Camino unos pasos por el patio central. Ahora el ruido no es un enemigo: el silencio de la obra vacía me envuelve como un respiro largo. El acero brilla con reflejos cobrizos, las sombras se estiran hasta volverse gigantes. Donde hace unas horas solo vi caos y plazos, ahora puedo ver promesa. Imagino el lobby terminado, la luz filtrándose suave, el agua cayendo con calma en el espejo de piedra. Todo sigue en pie, y yo también.

Voy despacio hacia mi auto. El suelo de grava cruje bajo mis tenis, y cada paso se siente distinto ahora que la obra está en silencio. El aire huele a polvo apagado por el ocaso y a metal tibio que se enfría poco a poco. Paso la mano por la carrocería al llegar, como si necesitara asegurarme de que algo familiar me espera. Abro la puerta; el chirrido leve rompe el silencio y me acomodo en el asiento, sintiendo cómo el cuerpo entero agradece el descanso. Inserto la llave, giro y el motor despierta con un ronquido grave que contrasta con la calma del entorno. Respiro hondo, cierro la puerta y dejo que el mundo exterior se quede fuera.

Salgo del estacionamiento y tomo rumbo a casa. El tráfico se ha aligerado; las luces de la ciudad parpadean una a una, como si la noche se encendiera en capas. Manejo en silencio, sin listas mentales, sin revisar pendientes. Solo dejo que el volante me lleve y respiro más profundo de lo que recordaba posible.

El camino de regreso se siente más corto de lo normal. Las avenidas laten con un murmullo constante, faroles y semáforos pintan destellos sobre el parabrisas, y por primera vez en mucho tiempo no me incomoda ir sin música. Solo manejo, con la ciudad desplegándose como un telón que se abre y se cierra a mi paso. La calma no llega de golpe, llega en oleadas: en cada semáforo en verde, en cada esquina conocida, en cada respiro que ya no tropieza.

Llego a mi casa y, al abrir la puerta, Toby corre hacia mí con un entusiasmo que no entiende de agendas ni inauguraciones. Sus patas golpean el piso con fuerza y su cola azota el aire como un metrónomo feliz. Me agacho y lo abrazo fuerte, hundiendo la cara en su pelaje tibio. El mundo entero se reduce a ese instante simple: nadie me pide nada, nadie espera nada. Toby, con su lealtad desbordante, me recuerda que hay cosas que no necesito calcular.

—Gracias, pequeño —susurro, viéndolo directamente a sus tiernos ojos—. No sabes cuánto me sostienes, Toby. No importa si el mundo allá afuera se tambalea, tú siempre estás aquí, fiel, entero. Te quiero, y no imaginas cuánto agradezco que seas parte de mi vida.

Lo sostengo un momento más y sonrío en paz, con la certeza de saber que, poco a poco, empiezo a sentir que pertenezco a este mundo.

10 Cimientos de vida

«La amistad nace en el momento
en que una persona le dice a la otra:
"¿Qué? ¡Tú también? Pensé que era el único."»
— C.S. Lewis, Los cuatro amores

El camino hacia Frisco ya no se siente tan largo como aquella primera vez. La carretera, plana y recta, me lleva sin prisa, como si supiera que hoy no vengo a supervisar nada, sino a observar.

Es de mis momentos favoritos, poder venir en esta etapa, cuando todo está apenas en huesos y, sin embargo, mi cabeza insiste en vestirlo. Donde hay varillas retorcidas, yo ya imagino pasillos con luz entrando en diagonales; donde solo hay tierra removida, veo mesas, voces, pasos que se cruzan. Es un privilegio extraño, observar un proyecto en construcción y, al mismo tiempo, verlo habitado dentro de mi imaginación. Como si el presente y el futuro caminaran juntos, separados apenas por una capa de polvo.

Allison y Samuel estuvieron aquí ayer, cerrando detalles de instalaciones, resolviendo lo que siempre parece urgente. Yo vine solo. Necesitaba ver con mis propios ojos cómo el proyecto empieza a convertirse en el espacio en el que se transformará VitaPlaza.

Aparco junto a los tráileres de obra, esos rectángulos blancos que siempre parecen provisionales pero que aquí ya se sienten como parte del paisaje. Apago el motor y me quedo un segundo dentro del auto, mirando el movimiento al otro lado del parabrisas:

cascos amarillos que van y vienen, el polvo levantándose con cada paso, una grúa girando despacio como si marcara el compás de todo.

Abro la puerta y el calor me envuelve de golpe, pero no me intimida como antes. Camino despacio, con los planos invisibles aún latiendo en la memoria, y escucho las voces que me llaman: «¡Arquitecto, buen día!» «Qué gusto tenerlo aquí.» Me saludan con una naturalidad que me sorprende cada vez, como si mi presencia fuera más que revisión: un recordatorio de que este proyecto late en muchos pechos, no solo en el mío.

Al acercarme, las máquinas siguen rugiendo, los motores de diésel vibran en el aire caliente, pero la escena ya no es el caos polvoriento de la primera visita. Donde antes había solo tierra y promesa, ahora hay columnas erguidas, muros que dibujan corredores, un patio central que comienza a perfilarse.

Entre el polvo, se asoman palmeras y árboles recién sembrados, enormes, trasplantados con raíces envueltas en costales húmedos. Sujetos aún por tensores, ya lanzan sus primeras sombras sobre la grava. Me reconozco un poco en ellos. Trasladados, sujetos con cuerdas, obligados a echar raíces en un suelo nuevo. Al principio parecen frágiles, ajenos, pero sé que un día crecerán firmes y nadie recordará que no nacieron aquí. Quizá pertenecer sea eso: resistir el primer viento hasta que la sombra se vuelve natural.

Camino un poco más y dejo que la vista se pierda en la malla de acero y polvo. Antes, cada paso era un recordatorio del riesgo, de la fragilidad de la idea. Hoy, en cambio, siento que cada detalle habla de resistencia. Las velarias siguen en pie, y con ellas el corazón de VitaPlaza late más fuerte. No fue un capricho, fue un pulso que defendimos juntos. Esta vez no siento el vértigo de perderlo todo, sino la calma de haber sostenido la idea junto a un equipo que no dejó que se rompiera. Este espacio será lo que soñamos: un corazón de sombra y vida en medio del desierto.

Un ingeniero joven se me acerca apenas me ve detenerme frente al patio central. Trae la camisa empapada en sudor y la tableta llena de marcas de polvo, pero en su rostro no hay cansancio, sino un brillo que reconozco.

—Arquitecto —me dice, levantando la voz por encima del ruido de la mezcladora—, justo quería verlo. Estábamos revisando las uniones de las membranas y hay un detalle que me inquieta.

Señala la pantalla de la tableta: un render esquemático con notas rojas. Me explica que el proveedor quiere mover ligeramente uno de los puntos de anclaje para ahorrar acero.

—¿Ve aquí? —dice, ampliando el plano con los dedos—. Podría funcionar igual, pero temo que se pierda tensión en esta esquina.

Lo escucho en silencio. Mis ojos no se quedan en el plano, sino que suben hacia la estructura real, todavía incompleta, donde los tensores se extienden como venas metálicas. Imagino el viento recorriéndolos, la sombra extendiéndose como un ala sobre el patio.

Respiro hondo antes de hablar.

—Si movemos ese anclaje —digo al fin—, la sombra perderá continuidad. No es un capricho. El trazo necesita ser limpio, sin fracturas.

El ingeniero asiente rápido, como si hubiera estado esperando esa respuesta para confirmar lo que ya intuía.

—Lo pensé, arquitecto, pero necesitaba escucharlo de usted. —Hace una pausa breve y sonríe—. Este proyecto es distinto. He trabajado en plazas toda mi vida, y siempre parecen iguales. Aquí no. Aquí uno siente que algo se está cuidando de verdad.

Me detengo apenas, procesando sus palabras y sorprendido por su sinceridad. Normalmente esquivo esos comentarios, pero hoy me descubro aceptándolos con cierta calma.

—No lo hacemos solos —respondo, señalando el plano en su tableta—. Tú, yo, todos. Cada decisión suma para que este lugar respire.

Él asiente otra vez, más firme. Anota algo rápido en la pantalla antes de despedirse con un gesto respetuoso.

—Gracias, arquitecto. Ahora sí puedo continuar.

Lo observo alejarse entre varillas y montones de grava. Pienso que, en cierto modo, esa es la verdadera obra: no solo los muros que se levantan, sino las convicciones que nos sostienen.

Sigo avanzando hacia el ala donde se levantarán los locales. Aún no hay muros completos, apenas estructuras de acero y bloques que delinean pasillos torpes, con montones de grava interrumpiendo el paso. Sin embargo, ya se distingue la intención: no es una fila interminable de cajas repetidas, como en esos outlets que sacrifican la experiencia en nombre de la multiplicación. Aquí cada local tendrá su altura, su respiro, su proporción distinta. Algunos más anchos, otros más altos, otros con ventanales que recibirán la tarde. Quiero que cada espacio tenga su propia voz, y que juntos formen una conversación, no un coro monótono.

Mientras camino entre los marcos desnudos, siento cómo el aire circula distinto en cada tramo. Algunos pasajes se sienten recogidos, íntimos, otros se abren con la promesa de amplitud. Es como si ya pudiera escuchar el eco de los pasos, el sonido de vitrinas acomodándose, el murmullo de conversaciones que todavía no existen.

Sigo mi recorrido y en uno de los pasillos más adelante me intercepta un supervisor. Un hombre mayor, de bigote canoso perfectamente recortado, rostro curtido, camisa clara fajada con pulcritud y casco blanco, como todas las personas que nos encontramos en la obra. Sus botas, limpias a pesar del polvo, brillan como si acabara de lustrarlas. Solo le falta el sombrero texano que que lo haría verse como todo un Cowboy. Lleva la tableta en la mano, pero la sostiene como si fuera un portapapeles antiguo. Su andar es pausado, calculado.

—Arquitecto —me dice, con una inclinación leve de la cabeza—, estaba esperando que viniera para mostrarle algo.

Me señala la línea de locales que se levanta a medias, algunos con techos más altos, otros con frentes más estrechos.

—Con las variaciones de altura y de volumen —explica—, el cableado podría darnos un problema. Usted ya había planteado que nada quedara expuesto, pero con estas diferencias corremos el riesgo de terminar con registros desordenados y bandejas visibles en ciertos tramos.

Me muestra en la tableta los puntos conflictivos. La imagen es clara: la pureza del diseño se podría ver manchada por esos detalles.

—Podríamos plantear un corredor técnico en la parte posterior —añade—. Una franja uniforme, oculta, que nos permita pasar toda la infraestructura respetando lo pulcro del diseño. Así cada local mantiene su carácter, pero el sistema eléctrico y de datos queda limpio, ordenado e invisible.

Lo observo un momento y asiento.

—No lo había visto así en los planos —reconozco—. Gracias por señalarlo. Un descuido de este tipo nos puede costar la armonía entera.

Saco el teléfono, tomo fotos del render y de la estructura frente a nosotros, y se las envío a Samuel con una nota rápida:

«Revisar corredor técnico posterior. Ajustar diseño antes de que avancemos más.»

El supervisor sonríe apenas, satisfecho de que su observación no quedara en el aire.

—Le agradezco mucho —le digo, guardando el teléfono—. A veces uno se aferra tanto a la visión general que se le escapan estas fisuras.

—Y yo le agradezco a usted que escuche —responde con voz serena—. No todos lo hacen. Es fácil aferrarse a un papel y olvidar lo que la obra misma va diciendo.

Nos damos la mano. La suya es firme, seca, la de alguien que lleva años en esto. Mientras se aleja, pienso que en esos detalles invisibles —los cables que nadie ve, los registros que no aparecen en las fotos— está la verdadera diferencia entre un espacio caótico y un espacio que respira.

Camino hasta el patio central, ese que desde los planos imaginé como el corazón del proyecto. Aún no hay velarias ondeando, pero ya asoman los primeros postes de acero. Se elevan en ángulos calculados, como lanzas que esperan la tela para transformarse en alas. A sus pies comienzan a dibujarse los espejos de agua: no rectángulos rígidos ni círculos previsibles, sino formas quebradas, irregulares, que aparentan extenderse más de lo que en verdad ocupan. Como si el agua misma quisiera engañar al ojo para ofrecer un horizonte más generoso.

Me detengo un instante frente a ellos. Recuerdo las discusiones, las noches de planos sobre la mesa, las simulaciones que parecían empujar contra nosotros. Y, sin embargo, aquí están, firmes, incrustados no todos en cimentaciones costosas e independientes, sino algunos en la misma estructura del edificio.

Samuel lo propuso con calma aquella tarde:

«Si usamos los techos y los marcos existentes como anclaje, aho-rramos obra y dinero, y reforzamos la continuidad.»

Al principio dudé, temiendo que se comprometiera la estética, pero hoy veo los postes integrados como si siempre hubieran pertenecido aquí. Lo que antes parecía concesión hoy se revela como un acierto: la estructura habla un lenguaje único, sin costuras forzadas.

El ahorro no fue menor, lo sé: semanas de trabajo, toneladas de acero, presupuestos tensándose como cuerdas. Pero más que números, lo que siento es orgullo. Esta idea sobrevivió no solo por insistencia, sino por ingenio compartido. No fue imposición, fue diálogo.

Levanto la vista y trato de imaginar la tela extendiéndose entre los postes, tensada contra el viento, arrojando sombra sobre el patio. Puedo casi escuchar el murmullo del agua deslizándose en los espejos recién trazados, ver los reflejos multiplicando el espacio, sentir el frescor de un aire que todavía no existe. No es solo arquitectura: es un refugio contra la prisa y el sol, un recordatorio de que hasta en medio del desierto puede haber tregua.

La obra no me exige explicaciones ni me lanza preguntas sin respuesta. Solo me invita a quedarme quieto y observar cómo lo imposible comienza a tener forma. El vértigo de antes se diluye, reemplazado por algo extraño en mí: confianza.

Me descubro en silencio, solo con el crujido de las botas sobre la grava y el eco distante de la obra. Y en esa quietud entiendo que este espacio, aún desnudo, ya late como lo imaginé. Un corazón de sombra y agua dispuesto a ofrecer pertenencia.

El bolsillo vibra.

El sonido breve del teléfono quiebra la escena como una piedra lanzada al espejo.

Saco el móvil. El nombre en la pantalla me sorprende: Dave.

Dave y todos los que me conocen saben que no me encantan las llamadas. Prefiero los mensajes, breves, sin adornos. Por eso me desconcierta que me llame. Si lo hace, es porque debe ser importante. Por un segundo pienso en dejarlo sonar, pero algo en mí sabe que debo contestar.

—¿Dave? —respondo, intentando sonar ligero.

Pero su voz no suena como otras veces. Grave, cargada, con un peso que nunca le había escuchado:

—¿Tienes tiempo hoy, Matt? Necesito hablar contigo.

Dave me recibe en la puerta con una sonrisa cansada, pero sincera. Su mano aprieta la mía con firmeza antes de hacerse a un lado para dejarme pasar.

—Adelante, Matt. Pasa.

Cruzo el umbral y me detengo un instante, sorprendido.

El lugar es amplio y cada detalle parece pensado para sostener a quien entra. El escritorio se encuentra al fondo, antiguo y de madera sólida. Conserva marcas finas de uso: bordes suavizados por los años, vetas que revelan un roble que no se encuentra en ningún catálogo de muebles.

Los libreros, viejos pero impecables, ocupan dos paredes completas. Están iluminados por pequeñas lámparas que reflejan la luz de forma indirecta. Entre sus volúmenes de filosofía, psicología, novela, historia y arquitectura, se abren huecos ocupados por objetos muy variados: una brújula oxidada, una figura de barro sin nombre, un avión de papel enmarcado, algunos juguetes, un reloj detenido en las tres y veinte. Cada uno parece contener una historia que nunca se cuenta. La mayoría, sospecho, son obsequios de pacientes, recuerdos que no necesitan explicación para transmitir gratitud.

La sala de conversación ocupa un ángulo luminoso del despacho. Dos sillones tapizados en piel café reposan sobre un tapete persa rojizo, de esos donde cada arabesco parece narrar una historia interminable. La luz se filtra a través de persianas de madera que dejan entrar el atardecer en líneas doradas, trazando geometrías sobre las fibras del tapete. Observo los ángulos, la proporción de los muebles, la altura contenida del techo: todo habla de acogida sin pretensión. No es un lugar solemne ni imponente, sino un refugio íntimo, diseñado —intencionalmente o no— para que cualquiera se sienta cómodo al sentarse y empezar a hablar.

—Dave, no sé por qué nunca había venido a tu oficina... tienes un espacio único.

Lo digo casi sin pensarlo, porque es cierto. El aire se siente fresco, cómodo, como si las paredes mismas hubieran aprendido a cuidar a quienes entran.

Dave sonríe apenas y me guía hasta su escritorio. Se sienta en su imponente silla de cuero negro, que cruje apenas toca su cuerpo. Me pide con un gesto que tome lugar en una de las dos sillas que hacen juego con su silla, colocadas frente al escritorio.

Dave se reclina apenas en la silla, entrelaza los dedos sobre el regazo y me mira con esa mezcla de curiosidad y ternura que siempre me desarma.

—Cuéntame... ¿cómo anda VitaPlaza?

Lo dice despacio, sin prisa, como si me invitara a desplegar el recuerdo con calma. No es la pregunta de un curioso al paso, es la de un amigo que quiere oír cómo vibra lo que llevo dentro.

Sonrío al recordar la mañana.

—Estuve ahí hoy. Caminé por toda la obra, vi los primeros árboles dando sombra… y me sorprendí a mí mismo tranquilo. Trabajé directamente en él, revisamos algunas dudas e hicimos algunos ajustes. Pero fue distinto. No hubo ansiedad, no estuve corriendo. Solo disfruté cómo poco a poco deja de ser obra y empieza a ser lugar. Me gustó, Dave. Pude imaginarlo con vida.

Él asiente lento, como quien recibe buenas noticias de alguien querido. Guarda silencio un segundo más de lo normal, y entonces sus palabras salen más hondas: —Y… ¿el gran proyecto? —No lo dice como si fuera "otro proyecto", sino como si nombrara algo sagrado, un corazón que late aparte.

Respiro hondo.

—Ese… ya está a la vuelta de la esquina. El tiempo encima, los días contados. Pero vamos bien, todo en orden. —Me detengo, lo miro directo, con esa mezcla de cansancio y orgullo que solo él entiende—. ¿Quieres saber cómo lo voy a llamar?

Dave arquea apenas las cejas, como si la pregunta abriera una puerta invisible.

—Claro que quiero.

—Divergent One —digo al fin, casi en un susurro, como si el nombre necesitara salir despacio, adaptarse al aire antes de pertenecerle al mundo.

Él sonríe, no con sorpresa sino con la calma de quien sabe que esa palabra se quedará.

—Sí… ese nombre tiene raíces. Ese nombre va a quedarse. Divergent One, ¡me encanta!

Me quedo un segundo en silencio después de escuchar el nombre en la voz de Dave, como si el eco flotara entre nosotros. Luego sonrío, casi con timidez.

—Dave… sabes lo importante que eres para mí. Tu lugar, y el de tu familia, está reservado para estar lo más cerca de mí en ese día. —Lo digo sin disfraz, con un tono ingenuo, casi infantil, esperando su respuesta—. Contaré con tu presencia, ¿verdad?

Dave apoya las manos en los brazos de la silla y asiente de inmediato, como si no necesitara pensarlo.

—Claro que sí, Matt. No me lo perdería por nada. No sabes cuánto deseo estar ahí, verte de pie frente a todos, presentando lo que siempre soñaste.

Sus palabras me calman, como lo hacen siempre. Hablamos un par de minutos más, sin prisa: repasamos fechas, detalles, lo inevitable del cansancio. Todo parece normal, y sin embargo hay una pausa distinta, una sombra leve en la manera en que mira hacia la ventana antes de responder, como si su pensamiento estuviera en otra parte.

Recuerdo entonces el motivo real de mi presencia en su oficina, la llamada inesperada de hace apenas unas horas. La conversación empieza a llenarse de pausas, y dentro de esas pausas entiendo que no vine aquí solo a hablar de proyectos.

Me quedo callado un momento y después lo suelto, sin rodeos:

—Dave, me alegra hablar de todo esto, sabes cuánto significa para mí… pero hoy no siento que se trate de mí. Estoy preocupado por ti. No es común que me llames, aunque me da gusto saber que puedes hacerlo en cualquier momento… dime, ¿qué pasa?

Dave tarda un instante en responder. Gira su silla y mira hacia la ventana, como si buscara palabras entre las líneas doradas que deja el sol al filtrarse por las persianas. Cuando al fin habla, su voz no es la del psicólogo seguro, ni la del amigo que siempre tiene un consejo preparado. Es otra: más baja, más áspera.

—Matt… tengo cincuenta y cinco años. —Se detiene, como si necesitara probar el peso de esa cifra en el aire—. Y mis hijos… aún son tan pequeños.

Se queda callado. La silla cruje como si se quejara en un sonido que me parece un suspiro.

—Me aterra —continúa—. Me aterra no tener la energía suficiente para seguirles el paso. Que un día corran más rápido de lo que yo pueda seguir. O que el tiempo no me alcance para verlos triunfar.

Guarda silencio. El reloj detenido en la repisa, aquel de las tres y veinte, parece mirarnos fijo, como recordándole que el tiempo siempre se escapa.

—Me despierto de madrugada y pienso: ¿llegaré a la graduación de Emma? ¿Podré acompañar a Lucas cuando decida quién quiere ser? Y no lo sé, Matt. No lo sé.

La voz se le corta un segundo, pero no gira la cabeza. No busca ocultarlo.

Yo me quedo quieto, sosteniendo con mi silencio. Entiendo que no es mi turno de hablar , sino de escuchar.

Dave se lleva una mano al mentón, como si buscara sostener las palabras antes de dejarlas salir.

—Matt, deja que te cuente una historia que me ha marcado toda mi vida…

Se reclina apenas en la silla, y por un instante parece que ya no estoy frente al hombre de cincuenta y cinco años, sino frente a un niño que aún no entiende del todo lo que significa la ausencia.

—Mi padre murió cuando yo tenía apenas dos años. Nunca llegué a conocerlo de verdad. Lo que tengo son las fotos que otros me regalaron: que tenía una sonrisa que iluminaba, que sus botas siempre se quedaban en la entrada, que decía mi nombre con un orgullo enorme. Pero yo no lo recuerdo. No hay escenas mías con

él. Crecí con relatos prestados, como un rompecabezas con piezas faltantes.

De niño lo sentía más como una sombra que como un recuerdo. En la escuela, cuando veía a los demás con sus padres en los festivales, yo buscaba el mío entre la gente aunque ya sabía que no iba a aparecer. Me quedaba con mi madre, siempre firme, siempre luminosa, cargando ella sola con todo.

Mi madre fue lo mejor que me pudo dar la vida. Trabajó el doble, el triple, para sostenerme. Se levantaba antes que el sol y volvía ya entrada la noche, cansada, pero aun así tenía una sonrisa guardada para mí. Me enseñó a ser valiente, a levantarme, a no quejarme. Fue madre y padre en un mismo cuerpo, y aun así... nunca pudo inventar esa figura que me faltaba. Nunca pudo darme esa voz grave que dijera: «Aquí estoy, hijo.»

Ese hueco se quedó conmigo. Aprendí a vivir con él, aprendí a disimularlo, pero no dejó de doler. Aunque crecí con amor, siempre tuve presente la ausencia. Y ahora, siendo padre, ese mismo hueco es lo que me da miedo: que un día Emma y Lucas tengan que vivir con la sombra en lugar de mi presencia.

Lo observé con atención. Vi cómo sus ojos, normalmente firmes y atentos, empezaban a volverse cristalinos, como si dejaran escapar reflejos que había guardado durante demasiado tiempo. Su voz se entrecortaba, arrastrando cada palabra como si pesara más de lo que podía sostener. Incluso su cuerpo, ese que siempre he visto erguido, seguro, parecía hundirse un poco en la silla, como si la memoria misma lo empujara hacia abajo.

Frente a mí ya no estaba solo el psicólogo que todo lo entiende ni el amigo fuerte que siempre tiene una salida. Estaba un hombre vulnerable, desnudo en su propia historia. Comprendí que yo podía ser un amigo para él, un confidente, alguien en quien apoyarse, del mismo modo que tantas veces él lo había sido para mí.

El silencio se extendió entre nosotros, pesado pero sereno, como un manto que ninguno intentó levantar. No había necesidad de palabras; su vulnerabilidad ya había dicho todo. Y en esa pausa comprendí algo que me atravesó: incluso alguien fuerte y sabio como Dave, el hombre que tantas veces me sostuvo, también tiene grietas y miedos. No soy el único con sombras. Y ahora comprendo que nunca lo fui.

Continuamos en silencio por unos instantes, hasta que decidí romperlo para ser ahora el amigo que apoya. Me incliné un poco hacia adelante, buscando sus ojos.

—Dave... ¿puedo decirte algo? —pregunté con voz baja, no para romper el momento, sino para acompañarlo.

Él parpadeó lento, como si regresara de un pensamiento lejano, y esbozó una sonrisa leve, cansada pero genuina.

—Claro, Matt. Siempre puedes.

—Para ti, ¿qué ha significado ser padre? Tener una familia, compartir tu vida con ellos... ¿qué es lo que de verdad te ha dejado?

Dave se quedó inmóvil un instante, sorprendido por la dirección de la pregunta. Luego suspiró, apoyó las manos sobre los brazos de la silla, y su mirada se suavizó.

—Todo, Matt. Absolutamente todo. Es lo que me da miedo perder...

—Dave... —empiezo despacio—. Entiendo tu miedo. Entiendo esa sensación de que el tiempo se escapa. Pero déjame decirte algo: lo que ya les das a tus hijos es valioso. Más que valioso. Tú estás ahí. Y lo que se queda en ellos no es la cantidad de días, sino la huella que dejas en cada día que compartes.

Él alza la vista, apenas, como quien no esperaba esas palabras.

—No son las horas contadas las que forman a Emma y a Lucas

—continúo—, sino lo que ven en ti: tu presencia, tu ejemplo, tu forma de amarles. Eso… eso es lo que se queda.

Un silencio largo. Dave asiente, lento, como probando la verdad de cada palabra. Se pasa una mano por la frente y suspira, como si dejara salir un peso antiguo.

—A veces olvidas, Dave —añado—, que no todo se mide en años ni en energía. Se mide en presencia. Yo he visto cómo Emma corre hacia ti, cómo Lucas te mira cuando hablas… eso no lo da ni el tiempo ni la fuerza: lo da el amor. Y eso ya lo sembraste.

Él baja la mirada y sonríe apenas, como si necesitara convencerse de que es cierto.

—No sé si lo veo así, Matt. —Suspira—. Siempre pienso en lo que falta. En lo que podría fallar.

—Y yo siempre pienso en lo que me falta a mí —le digo, con un gesto breve de ironía—. Pero te admiro, Dave. Te lo digo en serio. Admiro la manera en que estás con tu familia, la forma en que eres faro para tus hijos. Yo no tengo eso, no tengo una familia propia, pero lo que veo en ti me recuerda que es posible dejar huella en quienes uno ama.

Sus ojos se humedecen apenas. No evade. Me mira, y sé que me escucha.

—Matt… —dice al fin, con voz más serena—. Gracias. No sabes lo que significa para mí escucharlo de ti. Sé que siempre me has visto como alguien fuerte, pero hoy fue de esos días donde crees que eres el más débil… a veces lo único que necesito es esto: que alguien me diga que lo que hago va a trascender.

El silencio que sigue no es pesado, sino cálido. Y entonces, como si algo se encendiera en él, me devuelve la mirada con más firmeza.

—Pero ahora me toca a mí.

—¿¡Cómo te va a tocar a ti, Dave!? —lo interrumpo, inclinándome hacia adelante con una media sonrisa—. Siempre estás para mí. Siempre me aconsejas, me escuchas, me sostienes. También debes dejar que otros te escuchen, que otros te ayuden. Tú te has convertido en un gran amigo y guía para mí, y hoy me queda claro que es recíproco.

Él sonríe con un gesto leve, como si esas palabras le cayeran donde más las necesitaba.

—Dave, aún eres joven. Quizá no tanto como yo —digo, con una risa irónica que nos relaja a ambos—, pero todavía tienes mucho por vivir. Te cuidas, comes bien, y tienes todo el amor de tu familia. Estoy seguro de que vivirás muchos años y podrás disfrutar a tus hijos al máximo. Probablemente vayas a la graduación de Emma con un bastón, pero sé que estarás ahí, viéndola triunfar con el mismo orgullo que me hablas de ella ahora.

Hago una pausa.

—La vida es un misterio, lo sabemos. Hoy estamos, mañana quizá no. Pero lo que más he aprendido de ti es a vivir cada día como si fuera el último, a disfrutar del hoy sin quedarme atrapado en lo que falta.

Dave baja la cabeza un instante, como si masticara mis palabras, y luego suelta una risa breve que no es de burla, sino de alivio.

—¿Un bastón, eh? —dice, sacudiendo la cabeza—. Puede ser… pero si llego con bastón, también llegaré con traje nuevo.

Nos reímos los dos, y la tensión se rompe apenas lo suficiente para que el aire se sienta más ligero. Dave aprovecha ese respiro para recostarse en la silla. Ahora su mirada vuelve a ser la que tantas veces me sostuvo: firme, clara, con la ternura escondida detrás de cada palabra.

—Pero ahora sí… me toca a mí.

Hace una pausa, deja que el silencio se acomode.

—Matt, he visto cómo has cambiado. Antes te ibas y te perdías. Te encerrabas en tu cabeza y costaba que volvieras. Pero ahora... ahora regresas. Y créeme, eso ya es un mundo de diferencia.

Sus palabras me golpean con suavidad, como una verdad que necesitaba escuchar.

—No tienes que cambiar quién eres, Matt —continúa—. Esa cabeza dura es tuya, con sus capas, con sus ángulos, con sus silencios, es lo que te hace crear lo que creas, lo que te hace ser único. No se trata de borrar eso ni de forzarte a encajar donde no encajas. Se trata de aprender a integrarte mejor con el mundo, sin perderte en el intento.

Guarda silencio un momento. Su voz se suaviza, como acomoda con cuidado la última pieza de un mosaico.

—Has avanzado mucho, más de lo que a veces te permites reconocer. Pero quiero pedirte algo: da un paso más. Busca a alguien que te acompañe en esto, un psicólogo, un terapeuta que no sea yo. Yo soy tu amigo, y siempre lo seré. Pero sé que puedes llegar aún más lejos si te dejas acompañar también de manera profesional.

Dave apoya las manos sobre la mesa y me mira fijo.

—Hazlo, Matt. No porque no puedas solo, sino porque no tienes por qué hacerlo solo.

Me paso la mano por la cara, respiro hondo y lo miro con una sonrisa ladeada.

—Pues sí, Dave, te entiendo... pero dime una cosa: ¿no crees que contigo mato dos pájaros de un tiro? Eres mi psicólogo y mi amigo... ¡servicio completo!

Él suelta una carcajada, genuina, de esas que llenan la sala. Niega con la cabeza, divertido, pero luego se inclina hacia mí, con esa claridad que nunca pierde.

—No, Matt. Justo ahí está el punto. Como tu amigo, puedo acompañarte, reír contigo, incluso decirte verdades incómodas. Pero también puedo perder ángulos que otro terapeuta, uno que solo sea tu psicólogo, vería con más objetividad.

Hace una pausa, más suave ahora, y añade:

—La amistad a veces es un filtro, y por eso mismo vale tanto. Pero hay cosas que alguien externo puede ayudarte a ver sin esa capa de cariño que yo siempre voy a tener por ti.

Me quedo callado, dejando que sus palabras encuentren lugar en mí. Dave también guarda silencio, pero esta vez no es pesado: es de esos silencios que sientan bien, como si fueran parte de la conversación. El aire de la oficina parece distinto, menos denso, como si el simple hecho de mostrarnos vulnerables hubiera abierto una ventana invisible.

Él suspira, se recuesta en la silla y sonríe con un gesto cansado.

—Bueno, Matt, basta ya de tanta profundidad. Vas a hacer que llore más que mis pacientes lo hacen… hasta parece que hoy el que debería estar en mi silla eres tú.

La carcajada que nos arranca esa frase es limpia, inesperada. Rompe la tensión acumulada como un vidrio que se hace trizas pero sin herir. Nos reímos los dos, primero suave, luego más fuerte, hasta que la oficina se llenó con nuestra risa, perdiendo por un instante su seriedad habitual.

Dave se acomoda en el asiento, pasa una mano por el escritorio como quien ordena pensamientos, y me lanza una mirada cómplice.

—¿Te acuerdas de la primera vez que nos vimos? Ese restaurante vacío, donde parecía que iban a cerrarlo solo para nosotros… —hace una pausa dramática, levantando las cejas—. ¡Qué lleno estaba ese día! Éramos... emmm... ¿dos?

Su broma flota en el aire un segundo, y yo no puedo evitar soltar una risa que me sacude entero. Me inclino hacia adelante, apoyo un brazo sobre la mesa y niego con la cabeza.

—Sí, Dave. Y si no mal recuerdo, yo pedí exactamente lo mismo que siempre le ordeno a James... y tú, para no incomodar, dijiste con toda la seriedad del mundo: "Lo mismo que él. ¿Y el vino? También el mismo que él." Lo dijiste tan serio, enderezando los cubiertos como si fuera un ritual.

Él ríe también, y por un momento ambos volvemos a esa mesa, como si el tiempo se plegara y pudiéramos vernos más jóvenes, más ajenos, sin imaginar la amistad que se estaba sembrando en ese instante.

La risa se apaga despacio, no de golpe, sino como un fuego que queda en brasas. Dave asiente, todavía con la sonrisa colgando de los labios.

—Y desde entonces seguimos en ese lugar de la barra, Matt. A veces con platos distintos, pero en la misma conversación.

Sus palabras me detienen. No hay solemnidad en su tono, pero sí una certeza que cala hondo. Lo miro, y sé que tiene razón. Ya no lo veo solo como el psicólogo brillante o el mentor que siempre tiene una salida. Lo veo como lo que realmente es: un amigo, con sus grietas y su fuerza, con sus miedos y su sabiduría.

El reloj detenido en la repisa parece mirarnos otra vez, pero ahora no como recordatorio del tiempo que falta, sino como testigo de lo que se está viviendo aquí, al compás de las palabras y las risas.

En mi cabeza, la metáfora se dibuja sola: cada charla con él es como poner un ladrillo más en un edificio invisible, uno que no aparece en los planos ni en maquetas, pero que sostiene igual que cualquier columna.

Ese edificio se llama vida, y en él caben las amistades que, como la nuestra, sostienen mucho más de lo que muestran.

11 Divergent One

La casa aún guarda el silencio de la madrugada. No es completamente de noche, pero el día tampoco ha terminado de imponerse. La luz se filtra tímidamente por las persianas, dibujando líneas delgadas sobre el piso de madera. Afuera, la ciudad comienza a desperezarse: un camión de basura en la esquina, el rumor de un coche que pasa con prisa, un perro lejano que le ladra al viento. Aquí dentro, en cambio, todo parece suspendido, como si las paredes mismas supieran que hoy es distinto.

En la sala, el aire conserva el aroma tenue del café que preparé y que aún no he probado. Lo dejé en la cocina, olvidado en su taza, enfriándose poco a poco como si tuviera todo el tiempo del mundo. La mesa de centro está en orden, demasiado en orden, con los papeles alineados, el sillón libre, la lámpara encendida desde antes del amanecer.

Subo a la habitación y veo a Toby dormir en su camita llena de peluches y juguetes. Su respiración acompasada parece marcar un ritmo distinto al del reloj: un ritmo que no conoce de inauguraciones ni de prensa, solo de calma.

Voy al vestidor y me detengo frente al espejo. El reflejo me devuelve una imagen que no reconozco del todo: camisa blanca recién planchada, saco gris oscuro que aún huele a tintorería, corbata negra perfectamente anudada. Paso la mano por el cuello y siento la tela apretada. Siempre me incomoda ese último botón, esa sensación de que me ahoga, de que me amarra. Pienso en lo lejos que está este ritual de mi verdadero uniforme: botas de obra con polvo, casco blanco, un iPad manchado de café. Lo mío siempre fue caminar sobre grava, no sobre alfombras rojas.

Me ajusto el saco otra vez. La tela brilla bajo la luz del baño. «Es un disfraz», pienso, «pero uno necesario.» Hoy no puedo presentarme con las manos manchadas de grafito. Hoy me toca ser el rostro de algo que no soy solo yo, sino todo un equipo, toda una visión que se levantó piso por piso. Y aunque me incomoda, me incomoda más la idea de no estar impecable.

Toby se despierta y ladra detrás de mí, como si quisiera darme los buenos días. Cuando era un cachorro, el mínimo ruido mío de bajar a la cocina lo despertaba y hacía que me acompañara. Hoy, ya un perro de muchos años, prefiere descansar hasta que su cuerpo le diga lo contrario. Me sigue de un cuarto a otro como si tuviera la misión de supervisar cada movimiento. Se sienta en el umbral, inclina la cabeza, y me observa con esos ojos que parecen preguntar si de verdad necesito vestirme así. Lo acaricio al pasar y siento en su pelaje una calma que ningún traje puede darme.

Me detengo en la sala otra vez. Ajusto el saco, reviso el reloj, enderezo una carpeta que no necesitaba enderezarse. Es un ritual inútil, pero me calma.

Cada gesto me da la ilusión de que controlo algo en un día que estará lleno de cámaras, de voces, de aplausos que aún no sé cómo recibir.

El celular vibra sobre la mesa. La pantalla se ilumina con un mensaje.

«Ya es hora de que salgas. Hoy es un gran día para todo el equipo. Te espero.»

Sonrío sin querer. Ella siempre sabe decir lo justo, sin adornos, sin exceso de palabras. Es su manera de recordarme que esto no es solo mío, que somos un nosotros, que no hay inauguración que valga si no se vive en plural.

Me inclino hacia Toby. Le acaricio detrás de las orejas, y él responde con un movimiento lento de cola, como si entendiera más de lo que parece.

—Deséame suerte, pequeño —murmuro—. Tú sabes que la necesito.

Salgo de la casa. El aire fresco de la mañana me golpea en el rostro, distinto al aire controlado de la sala. En la ventana, Toby me mira un segundo antes de volver a acomodarse. Es un ritual silencioso, una despedida que se repite cada vez que cruzo la puerta.

El día apenas empieza, y sé que será largo, con muchas emociones y, espero, con muchas alegrías.

Me subo al coche y lo cierro de un golpe seco que resuena más de lo esperado. Por un instante me quedo quieto, con las manos en el volante, observando mi propio reflejo en el parabrisas: saco gris, corbata ajustada, una versión de mí que aún me cuesta reconocer. Giro la llave. El motor despierta con un ronroneo grave, constante, como si supiera que no hay vuelta atrás.

El trayecto habitual hasta la oficina se siente distinto. Las calles parecen más largas, los semáforos más lentos. Cada alto es un recordatorio de lo que me espera: un lobby lleno, voces, cámaras, manos que estrechar. Nunca me gustaron las multitudes, nunca me sentí cómodo siendo observado, y, sin embargo, hoy es inevitable.

Me descubro sudando en las palmas, a pesar del aire acondicionado. Respiro hondo, intento acompasar el ritmo con la línea blanca de la carretera que se repite frente a mí. Cada línea es un conteo: uno, dos, tres, cuatro… como si la carretera supiera calmarme.

El paisaje pasa sin prisa: edificios conocidos, parques donde alguna vez me detuve a caminar, calles que respiran su propio ritmo entre ciclistas madrugadores y autos que parecen flotar en una cadencia ajena. En una esquina, una panadería recién abierta deja escapar el olor a masa caliente; más adelante, el sol se refleja en los parabrisas como destellos fugaces. Y en medio de ese desfile de escenas comunes, aparece una certeza: todo esto comenzó con un dibujo. Una casa hecha con crayolas y papel, con sombras torcidas y ventanas imposibles. Ese trazo infantil fue el inicio de un camino que hoy me lleva a inaugurar una visión entera.

Me tiembla el estómago. Nervios, sí, pero también algo más: la conciencia de que lo que soñé alguna vez con manos de niño, hoy respira de verdad.

El auto desciende por la rampa hacia el estacionamiento subterráneo. Las luces blancas en el techo se encienden en secuencia, una tras otra, como marcando mi llegada. El concreto huele a nuevo: esa mezcla áspera de pintura fresca, polvo seco y metal recién colocado. Apago el motor. El silencio que queda es distinto al de cualquier obra que haya conocido. No hay martillos ni taladros, solo un eco limpio, casi solemne, como si el edificio aguardara en reposo.

Camino hacia el ascensor. El suelo pulido refleja mis pasos, y por un instante me descubro como visitante, no como arquitecto. El botón ilumina un círculo naranja bajo mi dedo; la puerta se abre sin un sonido brusco, solo un desliz discreto, elegante. El ascensor asciende lento, como si quisiera darme tiempo para asimilar lo que está por venir.

Cuando las puertas se abren, el lobby me recibe de golpe. El agua ya corre en el espejo de piedra: un hilo constante que llena el aire con un murmullo fresco. La claraboya filtra la luz en diagonales perfectas que caen sobre el mármol, y cada sombra parece moverse con intención propia. El aire acondicionado no es un soplo forzado, sino una brisa invisible que acompaña el movimiento del agua. Me quedo sorprendido y feliz al mismo tiempo. Lo siento como lo soñé: no como planos ni renders, sino como un refugio vivo.

Todavía está vacío. Apenas un par de personas del staff ajustan cables discretos, prueban micrófonos, alinean sillas en silencio. El espacio, aunque preparado para la multitud, late sereno. Es como un teatro a minutos de abrir el telón. Y yo, por un instante, soy su único espectador.

El murmullo del agua me envuelve cuando escucho un eco distinto: unos tacones apresurados que se acercan desde la entrada. Levanto la vista y ahí está Allison. Su sonrisa ilumina más que la luz de la claraboya; camina rápido, como si no pudiera contener la emoción, y en cuanto me ve levanta la mano y acelera el paso.

—¡Matt! —exclama, y antes de que pueda reaccionar me rodea con un abrazo fuerte, de esos que más parecen una celebración que un saludo.

Su voz tiembla de alegría.

—Es increíble… verlo así, en vivo. ¡Lo soñaste, lo dibujaste mil veces, y ahora está aquí!

Me quedo en silencio un instante. La veo brillar con esa energía suya que nunca finge, y pienso que tiene razón: hoy, lo imposible se hizo realidad.

Cuando se aparta, noto que no viene sola. A su lado está un hombre de su edad, de porte tranquilo, con un gesto amable que contrasta con la fuerza arrolladora de Allison. Ella toma su mano con naturalidad y lo acerca.

—Quiero presentarte a alguien. Este es Daniel —dice con esa chispa orgullosa en los ojos—. Mi novio.

Extiendo la mano, sorprendido. Había escuchado menciones al pasar, algún comentario rápido en medio de juntas o el día de nuestra plática en aquel restaurante de hamburgusas, pero nunca lo había conocido. Él aprieta mi mano con firmeza y asiente con respeto.

—He oído mucho de ti, Matt. —Su voz es calmada, serena, como quien entiende que está entrando en un lugar importante para ella.

—Espero no haya sido tan malo —respondo, con una sonrisa leve que logra arrancar una risa breve a los dos.

Allison se adelanta, señalando el lobby con un gesto amplio.

—Se ve aún más impresionante conforme se llena de gente, ¿no crees? —me dice, y en su mirada descubro el mismo orgullo que siento yo, pero expresado con la libertad que a mí siempre me falta.

Samuel llega con su porte habitual: camisa perfectamente planchada, carpeta bajo el brazo, y esa serenidad técnica que nunca se despeina, ni siquiera en medio de inauguraciones. No sonríe mucho, pero la mirada lo delata: hay brillo, orgullo contenido.

—Arquitecto —saluda con una leve inclinación de cabeza, como siempre, aunque el tono es formal y tiene más calidez que de costumbre.

Le estrecho la mano con firmeza y suelto una risa breve.

—¿Arquitecto? Ya sabes que soy Matt. Guarda ese título para los periodistas, no para mí.

Samuel alza una ceja, serio solo en apariencia.

—Lo digo con respeto, no con protocolo. Pero está bien… Matt. —La pausa que hace antes de pronunciarlo suena casi como una broma contenida.

—No podía perderme ver esto encenderse por primera vez —responde, y por un instante su gesto sobrio se suaviza. Mira hacia arriba, hacia la luz que cae desde la claraboya, y añade en voz baja—: Está vivo, Matt. Tal como lo pensaste.

No dice más, porque nunca ha sido hombre de discursos, pero esas dos palabras, «está vivo», pesan más que cualquier crónica de revista.

El murmullo del lobby crece. Gente entrando, saludos, un fotógrafo que intenta pasar desapercibido mientras ajusta su lente. Y entonces los veo: Dave y Sarah caminando juntos, con Emma y Lucas unos pasos adelante. Los niños entran como si el lugar les perteneciera, maravillados por la caída del agua en el muro y las sombras que se dibujan en el piso. Emma levanta la cara hacia la luz y sonríe; Lucas corre unos metros hasta el espejo de agua, fascinado por el reflejo de su propio movimiento.

—¡Papá, mira! —grita él, y su voz se mezcla con el rumor del agua, convirtiéndose en parte del espacio.

Dave camina más despacio, pero con esa dignidad tranquila que siempre lo acompaña. Sus ojos recorren cada rincón como si quisiera asegurarse de no perder detalle. Cuando se acerca, me tiende la mano con firmeza.

—Matt —dice, con voz grave pero cargada de emoción—. No tengo palabras. Esto… esto es extraordinario.

Sarah sonríe a mi lado, sincera, con esa calidez que siempre transmite. Emma se acerca y me da un abrazo rápido, espontáneo, mientras Lucas sigue jugando con las sombras.

En ese instante, con ellos aquí, con Allison, Samuel y Dave alrededor, siento algo que pocas veces me permito: el edificio ya no es mío. Ahora pertenece también a ellos, a quienes lo sostuvieron conmigo en cada paso.

El lobby empieza a llenarse más allá de los rostros familiares. Trajes oscuros, vestidos sobrios, cámaras discretas colgadas al cuello de periodistas que se saludan entre ellos, estrechando manos mientras buscan el mejor ángulo. Se siente cómo el aire cambia: del murmullo inicial de unos cuantos a un rumor constante, como un río que no deja de crecer. Las luces rebotan en el mármol, el agua del muro acompasa la escena con su cadencia inalterable.

Me acerco a algunos invitados con una sonrisa breve, palabras medidas: «Bienvenidos», «Gracias por venir». Pero enseguida me retiro un paso atrás, dejando que el equipo —Allison radiante, Samuel impecable— tome las conversaciones más largas. Yo observo. Y lo que veo me basta: personas que caminan sin prisa, que levantan la vista hacia la claraboya, que se detienen frente al agua como si hubieran encontrado un instante de calma en medio del día.

Un fotógrafo se agacha para capturar a Lucas jugando con su reflejo. Emma estira la mano y toca el haz de luz que baja desde arriba como si pudiera sostenerlo. Los adultos conversan en corrillos, pero los niños parecen ser los primeros en entender el sentido del lugar: que aquí todo respira.

Yo permanezco a un costado, casi invisible entre la multitud. No me incomoda estar al margen. Este edificio comienza a latir por sí mismo. Ya no necesita que yo lo explique: se está explicando solo.

Un grupo de jóvenes espera en el lobby, perfectamente alineados, como si hubieran ensayado la puntualidad. Trajes grises claros, corbatas azules que hacen juego con los gafetes donde se lee la palabra «GUÍA» en letras sobrias. Cada uno lleva en la mano una tableta, el porte impecable de quien entiende que hoy no solo se muestra un edificio: se presenta una idea hecha realidad.

Los grupos de invitados comienzan a organizarse en torno a ellos. Veo cómo uno de los guías señala hacia la claraboya, otro explica la disposición de los materiales con frases técnicas pulidas, y una tercera se adelanta para hablar de los detalles acústicos que hacen que el lobby suene a amplitud sin sentirse frío. Todo fluye con una naturalidad que me sorprende.

Yo no intervengo. No hace falta. Observo desde un lado, con las manos juntas, dejando que el edificio hable en su propio idioma a través de otras voces. Y ahí, entre la multitud, noto también a Allison, sonriendo con Daniel a su lado, escuchando a uno de los guías como si ella misma fuera invitada. Me alivia verla disfrutar, soltando por un momento la presión del trabajo, dejando que otros lleven la voz.

La gente se dispersa en recorridos. Las escaleras reciben pasos que antes solo existían en mis renders; los pasillos se llenan de murmullos que rebotan como música improvisada. Una mujer se detiene justo bajo el haz de luz que entra por la claraboya: cierra los ojos un instante, como si la luz fuera un respiro. En el lobby, un niño corre, fascinado con la manera en que las sombras parecen doblarse a su voluntad.

Camino unos pasos detrás de cada grupo, no para guiarlos, sino para observar. Cada reacción es un recordatorio de por qué existe este edificio: no para mis obsesiones, sino para que otros lo habiten, lo reclamen, lo hagan suyo.

Me quedo quieto unos segundos en el pie de las escaleras, observando cómo los invitados comienzan a subir. Lo hacen despacio, como si cada peldaño fuera un descubrimiento. Algunos se detienen a mirar hacia arriba, siguiendo el trazo de la baranda de madera que recorre la curva; otros acarician con la yema de los dedos la textura suave del pasamanos, como si comprobaran que realmente existe fuera de un plano o de una maqueta.

Las conversaciones se entrelazan en un murmullo entusiasta:

—Mira cómo entra la luz… parece que cambia en cada paso.

—¿Escuchas? No hay eco, aunque todo es abierto.

—Es como estar afuera, pero sin el calor.

Los escucho y siento un nudo extraño en el pecho. Cada frase confirma que aquello que tantas veces dibujé en la soledad de mi mesa hoy se traduce en sensaciones reales, compartidas.

Más arriba, un hombre de traje oscuro le dice a la mujer que lo acompaña:

—Esto no es un edificio… es como una experiencia.

Y ella responde, sonriendo, mientras se ajusta el bolso al hombro:

—Es justo lo que él quería.

No sé si hablaban de mí, o si era coincidencia, pero esas palabras me golpean con la fuerza de lo inevitable.

Un grupo de jóvenes estudiantes de arquitectura, con libretas en mano, se detiene a mitad de la escalera. Uno dibuja rápido, intentando capturar la curva y las sombras que se proyectan en diagonal. Otro comenta en voz baja:

—Es imposible copiar esto. Tendrías que sentirlo para entenderlo.

Subo unos pasos detrás de ellos, sin intervenir. Quiero escucharlos, quedarme con esas frases que nacen sin filtros. La escalera, que tantas veces medí en planos, ahora respira bajo sus voces, sus risas, sus gestos de sorpresa.

En los rellanos, la gente se asoma a los ventanales, observa la ciudad que se extiende al fondo. Escucho una exclamación suave:

—Parece que la vista misma fue diseñada.

Y pienso que quizá lo fue, porque hasta la ciudad se siente parte de este lugar cuando la miras desde aquí.

De lejos alcanzo a ver a Dave con Sarah y los niños, siguiendo a uno de los guías por un pasillo lateral. Emma se detiene frente a un muro de piedra y pasa la mano sobre la superficie, como si quisiera guardar la textura en la memoria. Lucas, en cambio, salta de baldosa en baldosa, probando el eco de cada paso como si fuera parte del juego. Sarah sonríe tranquila, paciente, y Dave los observa con esa calma suya que nunca es pasiva, sino atenta, como si quisiera absorber cada detalle para recordarlo más tarde.

A unos metros, descubro a Allison tomada de la mano de Daniel. Él escucha con interés al guía que explica la lógica del diseño, mientras ella suelta una risa breve y corrige algún dato, añadiendo otro nuevo, como si tampoco aquí pudiera resistirse a participar. Samuel va detrás de otro grupo, impecable como siempre, respondiendo preguntas técnicas con frases cortas y seguras que hacen asentir a los visitantes.

Los miro a todos y pienso que, de alguna manera, este edificio ya es de ellos también. Lo habitan con naturalidad, como si el espacio los hubiera estado esperando. Y eso, más que cualquier aplauso, es lo que lo hace real.

Mientras sigo caminando, disfrutando ver cómo observan cada rincón, un eco metálico me alcanza desde las bocinas del lobby. No es un llamado fuerte ni solemne, apenas un aviso por el micrófono al fondo del lobby:

—Matthew Prescott, la tribuna lo está esperando.

El murmullo se apaga despacio, como cuando el viento detiene las hojas de golpe. Todas las miradas giran hacia mí. El calor me sube al cuello, más asfixiante que cualquier corbata. Siento las manos húmedas, y el saco, que desde la mañana me resultaba incómodo, ahora se siente como una armadura pesada, demasiado rígida para contenerme.

Camino despacio entre las filas improvisadas de invitados. No hay pasillo marcado, pero las miradas abren uno. Algunos me estrechan la mano al pasar, otros me dan una palmada breve en el hombro; la mayoría solo sonríe, como si esa fuera su manera de decir «felicidades». Yo asiento con la cabeza, devolviendo gestos, agradeciendo sin palabras.

Cada paso se siente más largo de lo que debería. Las luces, el murmullo apagado, los flashes que chisporrotean al fondo… todo parece conspirar para recordarme que ahora soy el centro de una escena que nunca busqué.

Al llegar al frente, veo a Allison esperándome. Tiene el micrófono en la mano y me dedica una sonrisa tranquila, cómplice, como diciendo: «Tú puedes». No hay podio, no hay pantalla, ni gráficos para distraer la atención. Solo un espacio un poco más alto que el resto del lobby, con un tapete azul perfectamente acomodado. Minimalista, intencional, como todo en este edificio.

Subo el último escalón y siento el cambio de perspectiva: todos los rostros vuelven a alzarse hacia mí. Respiro hondo. El silencio es tan nítido que parece un material más del proyecto, como si el edificio mismo se uniera al acto de esperar mis palabras. Escucho el chillido del micrófono y mi corazón palpita como si quisiera estallar. Uno, dos, tres, cuatro… Me aferro a la cadencia como a un andamio invisible, y entonces levanto la vista. Todos esperan. Ahora me toca hablar.

El silencio se alarga unos segundos más de lo necesario. Trago saliva, ajusto la corbata aunque sé que ya no puede estar más ajustada, y dejo escapar un suspiro que suena en el micrófono como un eco contenido.

—Voy a ser sincero… —empiezo, con una sonrisa tensa que no logro disimular—. Nunca me han gustado los micrófonos. Siempre preferí los planos, los renders, los dibujos. Ellos nunca te interrumpen, nunca esperan un chiste ni una pausa.

Se escucha una risa leve en el público, la suficiente para aflojar la corbata invisible que me oprime.

—Gracias… gracias a todos por estar aquí hoy. —Miro el lobby lleno, los rostros alzados hacia mí—. No tengo muchas palabras ensayadas, porque este día, más que discursos, pide gratitud.

Me detengo un instante, dejo que mis ojos recorran el espacio: la luz que cae desde la claraboya, el murmullo del agua en el muro, los reflejos temblando sobre los cristales. Todo parece responder por mí, como si el edificio mismo quisiera decir algo en mi lugar.

—Lo confieso: todavía me parece irreal estar aquí. Hace años, este lugar existía solo en mi cabeza, en un cuaderno lleno de dibujos torcidos y notas a mano. Hoy lo veo vivo, lleno de voces y pasos… y lo único que siento es agradecimiento.

Respiro hondo. El silencio no es incómodo ahora, es cómplice.

—Bienvenidos a este espacio. Bienvenidos a lo que soñamos, a lo que discutimos mil veces, a lo que levantamos con polvo, café y desvelos. Gracias por acompañarnos en este momento, que para mí no es solo una inauguración… es la confirmación de que los sueños, cuando se sostienen entre muchos, pueden volverse suelo firme.

—Siempre soñé con que este espacio fuera más que oficinas. —La voz me sale más firme ahora, como si al fin me acompañara el edificio mismo—. Quise que fuera un ejemplo de lo que creemos en Divergent Holdings: que la arquitectura no solo protege del clima ni organiza metros cuadrados, sino que puede dar pertenencia.

Miro alrededor, dejo que la pausa hable.

—Era importante que la casa de nuestra compañía hablara de eso, con cada muro, con cada sombra, con cada gesto. Que aquí, en este lobby, cualquiera —trabaje o visite— pueda sentir que hay un lugar que lo recibe, que lo incluye.

Hago un gesto breve hacia la claraboya, hacia el agua corriendo en silencio.

—Este edificio es la manera que encontré de decir: así vemos el mundo. Con transparencias, con raíces, con espacios que respiran. Así queremos trabajar, así queremos vivir.

Los aplausos estallan como una ola que me cubre entero. Palmas que retumban en los pisos de mármol, voces que se elevan como un coro improvisado, flashes que chisporrotean como si quisieran robarse cada instante. El lobby vibra con la energía de todos, y yo respiro hondo para contenerla. Me dejo llevar por el orgullo del momento aunque, por dentro, esa intensidad se sienta más grande de lo que mis manos podrían abarcar.

Levanto la mano apenas, una señal discreta, casi tímida, buscando que el murmullo se disuelva. Poco a poco, las palmas ceden y el silencio regresa, envolvente, expectante. Respiro hondo, siento el calor todavía en el cuello, y dejo que la gratitud me empuje las palabras:

—Gracias… —digo al fin, con voz más baja, obligando a todos a inclinarse un poco hacia adelante para escucharme—. Gracias por estar aquí. Este no es solo un edificio, ni un evento de inauguración. Es la suma de muchas manos, de muchas voces, de discusiones, de cálculos, de noches largas.

Miro hacia donde están ellos, mis cercanos.

—Quiero agradecer a quienes caminaron cada paso conmigo.

Allison… tu mirada estratégica, tu manera de equilibrar lo que parecía imposible. Samuel… tu precisión, tu calma cuando los números parecían no dar. Dave… tu amistad, tus palabras en los momentos más pesados, y también tu familia, que me recuerda siempre lo que significa el verdadero hogar. Y todos aquellos que con su sudor y esfuerzo hicieron que este edificio se levantara.

Dejo que sus nombres respiren en el aire.

—Este espacio nació de un sueño, sí, pero se sostuvo gracias a ustedes. Y por eso, hoy, este edificio no lleva solo mi huella: lleva la de todos los que lo hicieron posible.

Respiro hondo. Siento que mis palabras se acercan al final y, con ellas, el instante que todos esperan.

—Hoy este edificio recibe oficialmente un nombre. —Hago una pausa, dejo que el aire pese, que el silencio se acomode—. Un nombre que guarda lo que fue un sueño, lo que defendimos juntos, lo que ahora se convierte en realidad.

Al fondo, la tela azul comienza a deslizarse con lentitud. El roce apenas se escucha, pero todos contienen la respiración como si fueran parte de la ceremonia. La tela cae suave, sin estridencia, y detrás aparecen las letras de acero pulido, grandes, elegantes, reflejando la luz con un brillo sobrio que no necesita adornos.

Divergent One.

Los murmullos se esparcen como una ola. Algunas voces repiten el nombre en susurros, probándolo en sus labios, dejando que se asiente. Los aplausos llegan después, firmes, constantes, llenando todo el espacio.

Yo me quedo mirando esas letras un segundo más. Para cualquiera son solo metal, tipografía bien diseñada. Para mí son años de dudas, de polvo en la ropa, de noches contando hasta cuatro para no quebrarme. Verlas ahí, ancladas al muro, me provoca una mezcla imposible: orgullo y vértigo, como si el edificio mismo me recordara que los sueños pesan cuando se hacen reales.

Detrás de las letras, el muro de piedra despierta. Un hilo de agua desciende primero tímido, como tanteando el recorrido, hasta convertirse en una cascada que corre pareja, clara, brillante bajo la luz. El agua resbala y enmarca el nombre recién revelado, como si lo bautizara en ese mismo instante.

El murmullo se suma al aplauso, un sonido grave y continuo que llena el lobby con calma, recordando a todos que este lugar no solo se levanta con acero y concreto, sino también con movimiento, con vida.

Sonrío apenas, lo necesario para que Allison me devuelva la mirada desde un costado con esa chispa suya de triunfo compartido. Y pienso: sí, ahora sí, Divergent One ya no es mío. Es de todos.

Los aplausos siguen como un oleaje que no se detiene, y me digo a mí mismo: es hora de aceptarlos. No huir, no restarles peso. Son para mí, sí, y también para mi equipo, para cada mano que levantó este sueño. Miro a la gente aplaudiendo, algunos de pie, otros sonriendo con entusiasmo sincero, y por primera vez dejo que esa energía me atraviese sin resistencia. Y lo siento: la emoción de recibirlos, la certeza de que este instante también me pertenece.

El lobby comienza a vaciarse poco a poco. Los pasos se apagan como olas que se retiran, las voces se disuelven en ecos cada vez más lejanos. Un par de asistentes retiran sillas, otros doblan cables y guardan micrófonos. El agua en el muro sigue corriendo, constante, como si nada de lo ocurrido le perteneciera del todo. La luz artificial refleja en el mármol con un brillo sereno, y por un instante el espacio vuelve a ser mío… o casi.

No estoy solo. A mi lado siguen Allison, Daniel, Samuel y Dave con su familia. Emma camina descalza sobre el mármol como si probara la textura; Lucas juega con las sombras de sus propias manos, Sarah sonríe mientras lo observa. Allison ríe bajo, todavía tomada de la mano de Daniel, y Samuel permanece de pie con esa calma que nunca abandona. Dave me mira, con ese gesto suyo que mezcla solemnidad y humor, y rompe el silencio:

—Ya estuvo bueno de tanta ceremonia… ahora toca celebrar de verdad. ¿Qué dices, Matt? ¿Tu rincón secreto nos espera?

Allison suelta una carcajada, como si hubiera anticipado que la invitación saldría de él. Samuel asiente sin palabras, apenas con un gesto breve que significa aceptación. Me quedo en silencio un segundo, sonriendo. Siempre pensé en aquel lugar como mío, un refugio que no necesitaba compartir. Pero hoy… hoy se siente distinto.

—Vamos —respondo—. Es el día perfecto.

El restaurante nos recibe con la familiaridad de siempre. Las luces tenues, el olor a madera y a pan tostado. James, detrás de la barra, me reconoce en cuanto entro, pero esta vez solo me acerco a saludarlo. Antes de que yo diga nada, Dave levanta la voz con naturalidad:

—James, hoy venimos todos juntos. Es día de celebrar. Prepáranos una mesa grande, que quepan todas las historias.

James sonríe como si hubiera estado esperando ese momento.

Asiente y nos conduce a una mesa impecable: manteles limpios, copas que esperan, un rincón preparado para la complicidad.

Nos acomodamos. Emma cuenta su versión de la inauguración, dramatizando cada detalle como si fuera un cuento de hadas. Lucas juega con las servilletas, las dobla en figuras torpes que coloca frente a cada uno como regalos improvisados. Allison ríe tranquila, Daniel la escucha fascinado. Samuel levanta la copa con pocas palabras pero con una intención clara: «Por lo conseguido». Dave interviene con anécdotas que nos arrancan carcajadas, y Sarah sostiene la escena con esa serenidad cálida que siempre transmite.

Yo los miro. Escucho las voces, las risas, las interrupciones, los brindis espontáneos. Y me descubro ahí, no en la orilla, no como observador, sino dentro de la mesa, parte de la trama. Me doy cuenta de que pertenecer quizá no sea más complicado que esto: sentarse, escuchar, reír, dejar que la vida se comparta sin medir los silencios.

Dave levanta la copa de nuevo. No hay discurso preparado, solo una chispa sincera en sus ojos.

—Por Divergent One… pero sobre todo, por nosotros.

Las copas se alzan. Las risas y las voces se mezclan en un brindis sencillo, espontáneo, perfecto. Yo levanto la mía y sonrío. Esta vez no hay vértigo ni reservas: solo la certeza de estar exactamente donde debo estar.

Humberto M. Sotomayor

Epílogo

La luz entra sin prisa por la ventana, apenas insinuando el día. No hay alarma, ni urgencias; la casa respira en calma, como si también supiera que hoy es domingo. Todo tiene un ritmo más lento: el aire, la madera bajo mis pies, incluso el reloj en la sala parece atrasarse de forma cómplice. Afuera, la ciudad comienza a despertarse tímidamente, pero aquí dentro el tiempo se estira como si quisiera regalarme un par de horas de silencio.

El olor a café flota en la cocina, recién hecho, aún caliente. Lo sirvo en la taza de siempre y lo llevo conmigo, no para beberlo de inmediato, sino como quien carga un amuleto. El vapor sube despacio, formando figuras que se deshacen en el aire, y me sorprendo siguiéndolas con la mirada, como si fueran dibujos efímeros que alguien hubiera trazado solo para mí.

Me visto sin ceremonia: mezclilla, una playera negra, unos tenis cómodos. Nada que apriete, nada que brille demasiado. Hoy no hay corbata ni saco; hoy no hay escenario, solo la simpleza de volver a ser yo. Frente al espejo, el reflejo me devuelve una imagen tranquila: no la figura impecable de ayer, sino algo más cercano, más honesto. Me paso una mano por el cabello y sonrío con cierta ironía. A veces pienso que la verdadera elegancia está en poder ser uno mismo, sin disfraces.

Toby se despereza en su camita, hecha a la medida, entre los peluches que con los años ha reclamado como suyos. Se levanta, da unos pasos y me sigue con su andar pausado, aún somnoliento. Se sacude las orejas y me observa, ladeando la cabeza como si me preguntara a dónde voy esta vez. Le acaricio detrás de la cabeza, hundiendo los dedos en su pelaje tibio. Esa simple sensación me devuelve a tierra: es increíble cómo la lealtad de un perro puede hacerte sentir acompañado incluso en los silencios más largos.

Camino hacia la puerta con las llaves en la mano, pero algo me detiene. No es prisa ni olvido: es la certeza de que falta algo. Vuelvo sobre mis pasos, subo de nuevo al cuarto, abro el cajón del buró. Ahí está, esperándome como siempre: la libreta. El lomo ya no es recto, las páginas guardan manchas, dobleces, cicatrices de uso. Pero en cada hoja habita un pedazo de mí: los trazos de edificios soñados, las frases que nunca dije en voz alta, las cuentas a destiempo, los mapas invisibles que mi mente insistió en guardar.

La tomo con cuidado, como quien levanta un secreto. Paso el pulgar por el borde, reviso sin abrirla que todavía está ahí lo esencial, lo que no puedo dejar en casa. La guardo bajo el brazo. Esta vez no quiero que se quede atrás; sé que hoy debe acompañarme.

De nuevo en la sala, Toby me sigue con la mirada, y por un instante me siento observado, como si esperara mi permiso para volver a dormir. Me inclino hacia él, le acaricio detrás de las orejas y sus ojos se cierran de inmediato, confiados.

—Ya vuelvo, pequeño —le susurro—. Tú sabes que siempre regreso.

Cierro la puerta de la casa. No hay multitudes, no hay aplausos: solo la calle en calma, con su aroma a hierba húmeda y asfalto aún frío. Respiro hondo, dejo que ese suspiro me recorra entero, y pienso que quizá este día no necesita más que eso: empezar con un café olvidado, un perro que descansa, una libreta bajo el brazo.

Manejo sin prisa. La ciudad parece aún dormida: algunos corredores madrugadores, persianas que se levantan, un camión que descarga cajas frente a una tienda. Todo parece rutinario, y, sin embargo, para mí, cada semáforo en verde se siente como un gesto de complicidad.

Al doblar la última esquina, el edificio aparece. Ya no como obra ni como escenario de aplausos: solo como lo que es, un lugar que me espera. Entro por la rampa hacia el estacionamiento subterráneo, mi nuevo punto de llegada. A partir de hoy, este será mi sitio, mi rutina: bajar, estacionar, subir, habitar. Aparco en el que será mi nuevo lugar. No necesito mirar las líneas pintadas en el suelo: mi cuerpo sabe el ángulo, la curva, la exactitud de cada maniobra. Cierro la puerta y el eco metálico resuena más de lo que debería en un espacio tan grande, como si la soledad amplificara los sonidos.

Rumbo al ascensor. El suelo pulido refleja mis pasos, y durante un instante me descubro como visitante, no como arquitecto. Aprieto el botón y el círculo naranja se ilumina bajo mi dedo. El ascensor responde enseguida: un desliz suave, sin ruido brusco, como si incluso en sus movimientos quisiera ser discreto.

Cuando las puertas se abren, el lobby me recibe distinto a como lo vi el día de la inauguración. No hay voces, no hay cámaras, no hay risas que reboten en los muros. Solo el fluir constante del agua descendiendo por el muro de piedra y la luz que entra en diagonales desde la claraboya. Esa combinación basta para llenar el espacio. El mármol devuelve reflejos suaves; cada sombra se mueve con la cadencia propia del edificio, como si respirara en silencio.

Camino despacio, con las manos en los bolsillos, dejando que mis pasos se pierdan en el eco. El mobiliario está en orden, los sillones alineados, las mesas limpias, como si alguien hubiera querido dejar todo preparado para una función que todavía no empieza. Pienso que es hermoso verlo así, despojado de ruido, reducido a su esencia: luz, agua, piedra, aire. Un refugio sin testigos.

El guardia de seguridad me saluda desde la entrada con una inclinación de cabeza.

—Buenos días, arquitecto —dice en voz baja, casi como si temiera romper la calma.

Yo respondo con una sonrisa leve.

—Buenos días, Robert.

No hace falta más. Su presencia me tranquiliza: alguien cuida este espacio incluso cuando yo no estoy, como si el edificio mismo tuviera su propio guardián.

Subo por la escalera central. El pasamanos de madera se siente cálido bajo la palma, y cada peldaño me recuerda las veces que lo imaginé en planos, en renders, en discusiones interminables sobre proporciones. Ahora está aquí, sosteniéndome sin titubeos. Desde el rellano, me detengo a observar hacia abajo: el lobby parece un escenario visto desde las alturas, con el agua corriendo como telón perpetuo.

Recorro los pasillos. Entro en la oficina que ahora será mía. Todo está en su sitio: la mesa amplia, las estanterías vacías esperando llenarse de libros y planos, el ventanal que enmarca la ciudad como si fuera una pintura viva. Paso la mano sobre la superficie de la mesa, lisa, impecable, y por un segundo imagino las manchas de café, las hojas arrugadas, los trazos urgentes que tarde o temprano la poblarán. No me incomoda: al contrario, sé que será la señal de que el espacio comenzó a usarse, a vivir.

El edificio no está vacío, pienso. Está en reposo. Hay una diferencia: vacío es ausencia; reposo es preparación. Hoy lo recorro en ese estado: como quien escucha un instrumento afinando antes de tocar.

Me dirijo a la azotea. El ascensor sube con calma y, al abrirse, la luz me golpea de lleno. La ciudad se abre frente a mí: avenidas que laten en la distancia, techos que brillan bajo el sol, un horizonte que parece no tener límites. Camino hasta una de las mesas más cercanas al barandal. Me siento. El aire sopla ligero, con olor a concreto tibio y a cielo abierto. Coloco la libreta sobre la mesa, apoyo la palma encima como quien reclama un territorio íntimo, y dejo que la brisa me revuelva el cabello mientras me preparo para escribir.

La tapa negra tiene marcas en las esquinas, recuerdos de haber estado en demasiados lugares conmigo: restaurantes ruidosos, salas de juntas, hoteles impersonales, incluso la mesa de mi cocina en noches de insomnio. La abro y paso los dedos por las páginas llenas. La tinta azul se repite una y otra vez, como si cada palabra fuera un intento de ordenar el ruido de mi cabeza.

Tomo la pluma. El metal frío se acomoda en mis dedos, y me sorprende que, aun después de tantos años de escribir, todavía me tiemble un poco la mano en este instante. No es el temblor de la duda, sino el de la importancia. Hoy, en este lugar, siento que cada palabra quedará anclada al edificio mismo, como si la piedra y el papel se unieran en una misma memoria.

Escribo despacio.

> *«Entendí que este edificio ya no me pertenece. Lo soñé, lo dibujé, lo defendí. Pero ahora vive en las miradas de otros, en sus pasos, en sus voces. Pertenece a quienes lo habitan.»*

Me detengo. El viento pasa sobre las páginas y las mueve apenas, como si quisiera leerlas antes de tiempo. Sonrío. Escribo otra línea.

> *«Tal vez construir nunca fue sobre acero ni concreto, sino sobre la*

posibilidad de que alguien encuentre aquí un lugar donde recono-
cerse.»

Levanto la vista. Desde la azotea, la ciudad late. Los coches parecen insectos diminutos recorriendo arterias de asfalto. Las torres vecinas reflejan destellos que me obligan a entrecerrar los ojos. Y en medio de esa inmensidad, aquí estoy, con una libreta y una pluma, intentando atrapar lo que siento en frases torpes, pero necesarias.

Sigo escribiendo:

«Durante años pensé que mi cabeza estaba condenada a contar, medir, calcular. Hoy descubro que también puede aprender a soltar. Que pertenecer no significa encajar perfecto, sino dejar que otros se sienten a la mesa contigo.»

Vuelvo a sonreír. El eco de la cena de anoche, con Allison, Daniel, Samuel, Dave, Sarah, los niños, regresa como una ola tibia. Escucho las risas, las voces cruzadas, los brindis espontáneos. Anoto:

«No es el edificio lo que me sostiene. Son las personas que estuvie-
ron conmigo para levantarlo.»

El viento sopla más fuerte. Pongo la palma sobre la hoja para que no se cierre. Pienso en el niño que fui, dibujando casas imposibles con crayolas sobre hojas arrugadas. Si pudiera hablarle hoy, le diría: «No todas tus líneas serán rectas, no todos tus planos se construirán. Pero algunos sí. Y esos pocos bastarán para que un día sonrías sabiendo que valió la pena.»

Escribo la última línea con calma, como si quisiera grabarla en la página y en mí:

«Seguiré escribiendo. No para entenderlo todo, porque quizá nunca lo logre, sino porque en estas páginas, al menos, pertenezco.»

Cierro la libreta despacio. El sonido es leve, pero me estremece como un aplauso íntimo. Apoyo la pluma encima y me recargo en la silla, dejando que el aire me despeine de nuevo. El agua corre en algún punto del edificio, el murmullo llega hasta aquí arriba, mezclándose con la respiración tranquila del viento.

Me quedo así unos minutos, mirando la ciudad. El edificio detrás de mí late como un organismo recién estrenado. La libreta frente a mí guarda la memoria escrita. Y por primera vez en mucho tiempo, no siento prisa, solo calma.

Humberto M. Sotomayor

Gratitud

¿Qué sería de este libro sin todas las personas que han estado cerca de mí durante mi vida? Sin quienes me han motivado, enseñado y ayudado a superar mis propios miedos y mis propias debilidades.

Quiero agradecer, antes que a nadie, a mi familia: mi padre, mi madre, mi hermana y mi sobrina. Aunque no somos una familia perfecta, fueron ellos quienes pusieron los cimientos de mi vida.

Quiero agradecer a todos mis colaboradores, que me ayudaron a tener el tiempo de escribir estas líneas.

A Cuauhtémoc, con su sabiduría y paciencia. A Dariana, por su picardía, su compromiso y su cariño, que tanto me inspiran a pesar de su juventud. A Paola, mi primera cómplice en la lectura de mis bocetos. A Julio, que apareció sin buscarlo, un amigo que me escucha, me acepta y me entiende. A Joel y Roberto, que siempre están presentes. A mis amigos de la juventud, que aún continúan como parte de mi vida, y que aparecen, sobre todo, cuando más los necesito. A Rex, el más leal de todos, que me enseñó más sobre pertenencia que cualquier libro y con quien compartí gran parte de mi vida. Hoy me mira desde el cielo. A Max, juguetón y alegre, que ilumina mis espacios solitarios.

De igual forma, sin restar importancia, quiero agradecerle al Dr. Nelson, que me mostró que mis debilidades eran más luz que oscuridad. Y a Bárbara, que me ayudó a encontrar, en el rincón más profundo de mi ser, los sentimientos que tanto tiempo había negado salir a la luz.

No habría llegado hasta aquí sin las relaciones que el tiempo me regaló: los fracasos que se transformaron en aprendizaje, los momentos alegres y los tristes que, juntos, terminaron por forjar mi carácter.

Quiero agradecer a Dios, a la vida y al universo, por darme la oportunidad de vivir... y de encontrar una forma de expresarme a través de estas páginas.

Y a todos ustedes, gracias. Este libro también les pertenece.

Humberto M. Sotomayor